文学新观赏 青少年读写范典丛书

高长梅 王培静 主编

# 寻找诗意的生活

陈 勤 著

花山文艺出版社

**图书在版编目（CIP）数据**

寻找诗意的生活 / 陈勤著.—石家庄：花山文艺
出版社, 2013.6（2021.6 重印）

（"读·品·悟"文学新观赏·青少年读写范典
丛书）

ISBN 978-7-5511-1035-8

Ⅰ.①寻… Ⅱ.①陈… Ⅲ.①小小说—小说集—中
国—当代 Ⅳ.①I247.8

中国版本图书馆CIP数据核字(2013)第112171号

丛 书 名：文学新观赏·青少年读写范典丛书

主　　编：高长梅 王培静

书　　名：**寻找诗意的生活**

作　　者：陈 勤

策　　划：张采鑫

责任编辑：于怀新

责任校对：齐 欣

特约编辑：李文生

全案设计：北京九洲鼎图书有限公司

出版发行：花山文艺出版社（邮政编码：050061）
　　　　　（河北省石家庄市友谊北大街330号）

销售热线：0311-88643221

传　　真：0311-88643234

印　　刷：永清县晔盛亚胶印有限公司

经　　销：新华书店

开　　本：710×1000　1/16

字　　数：160千字

印　　张：11

版　　次：2013年7月第1版
　　　　　2021年6月第2次印刷

书　　号：ISBN 978-7-5511-1035-8

定　　价：36.00元

# 读，是为了更好地写

高长梅

阅读的目的是长见识，是提升自己的文化素养。这是"读"的基本意义。

很多时候，我们的阅读也无任何的目的，就是为了消遣，为了解闷，为了打发时光。其实，这是"读"的另一种境界。

但对学生乃至爱好写作的人而言，"读"还是为了"写"，即人们常说的"读写结合"。这，却是大有讲究的。

"读什么"，"怎么读"，"读"如何促进"写"，这个问题困扰人们少说也有两千多年了。外国不言，单说我国自《诗经》始，《四书五经》到《千家诗》《古文观止》《唐诗三百首》，哪一个的"读"不涉及后人的"写"？"熟读唐诗三百首，不会作诗也会吟"就说明了"读"和"写"的朴素关系。

"读"于"写"的第一点，当是语言的积累。对绝大多数人而言，"会说"也"能说"几乎是与生俱来的，但这些不一定就是我们写作的语言。即使你"会说"、"能说"，但不一定能准确表述你的想法，你的所见所闻；尤其是不一定能用丰富的、生动的、形象的语言或简洁的、凝练的、科学的语言来描述人或事物或观点。写作当如建房，没有各式各样的语料积累，其结果可想而知。巧妇难为无米之炊，再牛的能工巧匠没有基本的建筑材料他也盖不起房子来。但语言积累，不是简单的语言记忆，要内化为自己的，要在自己的胸中发酵，要让它带上自己的思想、情感。这样，在写作运用时，就不会是简单的模仿甚至抄袭。即使是原句引用，也会与你的文章融为一体，恰到好处。初学写作者，常常苦恼自己词汇少，不能准确表述自己的思想;或苦恼自己写得干巴巴的,没血没肉;或苦恼自己虽写得字通句顺,却不像别人写的那样摇曳多姿;等等。多积累语言,是根治这种"疾病"的唯一药方。因此,我们在"读"时,就要看别人是怎么用字、怎么用词、怎么用句……来描写、叙述、来情、议论的。

"读"于"写"的第二点,当是技巧的化用。"我手写我心",看似简单轻松,看似随意,但正如建房,砖头、瓦块、木料等都摆在了你的面前,却不是任何人都建得了房的,你得有建房的技能。写作也是一样,你得掌握一定的技巧。人物怎么描写,事件怎么叙述,情感如何抒发,道理如何论证,等等,你得掌握其基本的方法,然后才能"心到手到",写出一篇像样的文章。我们要像建房者,先做"小工",看人家是如何砌墙、如何粉刷的;然后做"匠人",亲自实践,在模仿中掌握其方法,逐渐为我所用;"匠人"做多了,熟练了,就成了"师傅"。"师傅"一级,技巧娴熟,房建得漂亮。而用心的"师傅"爱钻研,爱琢磨,结合他人的方法创造出更好的新方法,他就成了"建筑师"。写作同理。我们不少阅读者,语言的积累比较重视,但琢磨人家写作技巧的不多,所以文学爱好者不少,但成为作家的就少多了,原因大概与这有一定的关系。因此,我们在"读"时,就要看别人是如何选择材料、如何谋篇布局、如何安排结构、如何运用表达方式、如何布置情节……看他们如何安排重点、如何把人物写活、件、如何条分缕析丝丝入扣、如何巧妙起承转合……

"读"于"写"的第三点,当是思想的融合。有了语言的积累,也掌握了一定的技巧,文章也写得是这么一回事了。但你的文章仅仅止于此,那也不过如同一栋能住人的房子而已。一篇文章品质的高低,除了语言的准确、生动、丰富、优美、灵动……除了构思的奇巧、结构的多元、情节的波澜、布局的精妙、手法的多变……是否有思想就显得格外重要。我们常说,这篇文章语言优美,构思巧妙,但立意不高。我们还常说,这篇文章不仅语言优美,构思巧妙,而且立意高,有思想。一篇仅靠语言打扮的文章,就好比一个俗人涂脂抹粉;一篇仅靠卖弄技巧和语言的文章,就像一个没有灵魂的美人卖弄风骚而已。语言可以记忆,技巧可以模仿,但思想要靠领悟,要融入作品之中去反复地阅读,要从深层次去寻找作者的精神。有的人的文章写得很美,技巧也妙,但就是没有深度,没有思想,没有灵魂,没有底蕴,往往就事论事,往往只是当复印机,复制了场景,复制了人物,复制了事件,但都是没有活力,没有生气,没有精神的。在阅读中提升自己的思想,的确常被我们忽视。思想靠别人的潜移默化来,精神也靠别人的影响而来。我们常听说在阅读中提升了自己,净化了自己,受了一次洗礼似的教育,等等,大约就是指这些吧。所以,我们在"读"时要琢磨别人是如何通过人物的描写表现人物的思想、精神,琢磨别人如何通过将一般人眼中的小事、凡事写出其社会价值,琢磨别人如何从一滴露珠看出太阳的光芒……如何选择语言材料最准确、最鲜明地表达出思想内容而非干巴巴贴标签,如何通过景、人、物悟出其蕴含的道理而非故弄玄虚牵强附会……

"读"于"写"的第四点,当是情感的交融。文章当有情,无论你是否抒了情,情就不自觉地流出了你的笔端。阅读中,我们除汲取作者的语言养料、技巧养料、思想养料外,还要品味、感受作者的"情"。与作者同悲,与作者人物同喜,置于作者笔下的优美环境而赏心悦目,等等。这就是受作者之"情"的"滋润"。文章是否感人,除了语言、思想外,有无"真情"很重要。朱自清的《背影》靠的是"情"的打动,鲁迅的《记念刘和珍君》这篇"血写的文章"其实靠的也是"情"的喷发。一篇只有华丽的语言而无思想的文章犹如没有灵魂的躯壳;一篇即使有非凡高度思想而无情感的文章也不过是一具可能具有文物考古价值的木乃伊。但"情"在文中的宣泄如何把握,这也是我们在阅读中要学习的。这也是我们常犯的错误。写作中我们或无病呻吟虚假瘆人,或情溢滥觞叫人发腻。让"情"如何恰到好处,非向好文章学习不可。这样,我们在"读"时,就要仔细琢磨别人是如何选择写作语言表达出作者的喜怒哀乐之情,如何传递作者人物的喜悦、哀思、忧怨、恋情,或深、或浅、或缠绵、或热烈、或似小溪的舒缓、或似大海的波涛、或似斗室之花的温柔、或似山野之花的奔放……看作者如何褒贬对象,看作者如何措辞达意致情,看作者如何巧借人、事、景、物以寄寓情感……

"读"于"写"的第五点,当是风格的鉴赏。所谓风格,它是一个作家成熟的标志,是作者在文章(文学作品)中表现出来的艺术特色和创作个性。我们鉴赏其风格,主要是学习他如何创造和完善文章(作品)的风格,也就是看作者在处理题材、驾驭体裁、描写形象、表现手法、运用语言等方面各有什么特色,最终形成了怎样的风格。这些风格,最后成了一个作家个性化的标志。当然,这是"读"的高要求了。琢磨多了,实践多了,很多写作者也形成了类似的风格,便也融入了原作者的风格之中,也就形成了"派"。比如"荷花淀派"、"山药蛋派"、"读者体"、"知音体",等等。当然,也不能简单模仿,也要适时变化,否则当年散文必"杨朔式"、小说必"欧·亨利式"的文学闹剧就会重演。

习作者若能此,写出好文章就有可能了。

弄明白了这些,还有一个重要的问题是选择什么样的读物。读名著,当然好。但很多名著由于作者所生活的时代不同,社会环境不同,或阅读者的阅历不够,文化积累不够,不一定读得懂,更不用说借鉴于自己的写作了。

基于此,我们推出了这套《文学新观赏·青少年读写范典丛书》。这些作品,不是名著,但是属于好作品;没写重大题材,但大都真实反映了社会生活的变迁,人们精神面貌的焕然一新;没有高深莫测的技巧,但或平实、或奇巧、或清新可人、或浓郁奔放,更适合青少年读者学习、借鉴。

雪

山

魂

# 官 司 草

我的家乡是一个山清水秀的地方，春夏季节，山坡上、田埂边到处长满了野花野草，其中最常见的是一种有着狭长叶子、挺直的茎的野草，我们称它为官司草。我和小伙伴们最爱玩的游戏就是用官司草"打官司"：把官司草的茎掐下来，各执一根，然后把它们纠缠在一起，称为"打官司"，谁的草断了，谁的官司就输了。简单幼稚的游戏，我们却玩得乐此不疲。

那时我正上小学二年级，无忧无虑的年龄，却有数不尽的忧伤：爷爷刚去世，爸爸在采石头时又摔伤了脚，躺在床上不能干活，母亲体弱多病，长期都要吃药。

我的成绩好，歌也唱得好，新来的班主任罗老师选中了我参加学校的庆六一表演，这可把我愁坏了：站在舞台上面对几百人，还有那么多老师，这可不是儿戏！我把自己仅有的几件衣服反复试穿了好几遍，结局是令人泄气的：它们要么太旧，要么打了补丁，没有一件能够适合那么隆重的演出！

天知道我是多么渴望能够上台表演，可是最后我却不得不去告诉老师我决定退出。

"为什么？"罗老师睁着美丽的大眼睛好奇地望着我。

"我，我，我不想唱！"我说，眼泪包在眼里，我硬生生挺着不让它流出来。

罗老师奇怪地看了我一眼，然后叫我离开了。

晚上我蒙在被子里狠狠地痛哭了一场。

第二天放学后，罗老师把我叫进了寝室，我以为她要说表演的事，她却指着桌子上水杯里泡着的官司草对我说："你认识这种草吗？"

"认识，是官司草，"我说，"我家周围有很多。"

"那好，你明天扯点给老师带来。"

当我把一大袋茂盛的官司草交到罗老师手上的时候，罗老师非常高兴地对我说谢谢。

"老师，这种草有什么用？"我疑惑地问。

"它晒干后可以泡水喝，有清热解毒的作用，城里卖6角钱一斤呢。"

"是吗？"我惊奇地问。

"嗯。"罗老师肯定地点了点头。

第二周星期一，罗老师从城里的家返回学校后对我说："你上回采的药草很好，我喝了咽喉都不那么疼了，邻居们也喜欢，叫我帮他们带些回去，5角钱一斤，你看行不行？"

"老师，我帮你扯，山上多的是，不要钱。"我急忙说。

"怎么能不要钱呢？他们去市场上买还要贵一点哩，再说你不是要演出吗，正好可以自己挣点钱买条裙子啊！"罗老师温柔地说。

对啊！我的心蓦然一振，1斤5角，10斤5元，20斤10元，就可以买条不错的裙子了！我顿时觉得眼前豁然开朗，先前埋藏在心里的悲伤一股脑儿全都不见了。我一个劲儿地朝老师点头，早忘了我说要退出表演的事。

那以后，我一有空就拿着镰刀在田间地头转悠，把我往日那些可爱的朋友一丛一丛地割下来，放进�篼里，悄悄摊晒在屋后的空地上。晒干后再仔细地一根根捡拾进口袋里。为了不让同学们看见笑话，我总是早上第一个赶到学校，把它交给老师。

这样大概有三四周，交给罗老师的官司草有多少，我也记不清了。六一节前一天，罗老师把我领进了办公室，然后变戏法似的从包里掏出一条崭新的连衣裙，是白色的，像雪一样，裙摆上镶着一层层的花边，

漂亮极了。

罗老师小心地把裙子叠好，放进我的书包里，捏捏我的脸蛋："明天好好表演！"

"嗯！"我重重地点了点头，飞快地冲出了老师的寝室。一路上我像一只快乐的小鸟，又唱又跳，终于靠自己的劳动拥有了一条美丽的裙子，并将穿着它上台表演！我心里充满了喜悦和自豪。

第二天，我自信地登上舞台，婉转的歌喉和优美的舞姿征服了评委，我得了第一名，为我们班争得了荣誉。罗老师也开心地笑了。

转眼期末到了，我考得很好，但是心里却有些失落：放假了，我将两个月见不到罗老师了！我拿着成绩单闷闷不乐地往家走，路边茂盛的官司草引起了我的注意，对呀，给老师割点官司草带回去，这么热的天，她好泡水喝啊！我心里十分激动，赶忙回到家割了一大袋官司草，提着向学校跑去。

校园里静悄悄的，会不会罗老师已经离开了？我心里正着急，突然看见她正背对我站在操场上，面前是一大堆干枯的官司草！这是怎么回事？我一下愣住了。没等我想明白，罗老师又回到寝室，拖出一大编织袋官司草，把它们全倒在地上。然后，罗老师划燃了火柴。

红红的火苗升起的一刹那，我一下全明白了，一股暖流涌遍我的全身，又化作晶莹的泪珠，爬满了我的脸颊！

# 特殊的家长会

"爸爸妈妈，明天下午开家长会，父母都必须参加。"早上儿子急急地甩出一句话，便背上书包匆匆走了。

什么会这么重要，非得去两人？会不会是这小子在学校闯了祸？

想着家长会的事儿，我和妻子都有些忐忑不安。

晚上，儿子一回家就直接进他的房间做作业去了。我和妻子连忙跟了进去。

"家长会是怎么回事，你老实说，是不是在学校闯祸了？"我本想和声细语的，没想到音量一下就提高了。

"没有。"儿子不耐烦地说。

"那么是考试没考好？"妻子问道。

"我们才进行了阶段考试，我是全班第一，倒是我们班的林灵下降了二十多名。"

"怎么会这样呢？"妻子问道，林灵一直是班上前几名，挺斯文的一个女孩。

"听说是父母在闹离婚。你们说，她考这么差，她爸爸妈妈会着急吗？"儿子仰起脸问道。

"傻儿子，当然着急了，孩子都是爸妈的心头肉嘛。"妻子说。

"那么他们会不会为了林灵而不离婚了呢？"儿子侧过身目不转睛地盯着我。

"也不一定，"在儿子专注的目光注视下，我有些不自在，"大人有大人的做事原则，不会因为孩子的一点事就改变决定的。"

儿子似乎有些失望地垂下了头。

第二天上午，我去见了小倩，我的相好，让她再等我半年，和妻子协商好儿子的事就办手续。儿子从小跟着他爷爷在农村长大，很懂事，也很独立、坚强，这一年我和妻子闹矛盾，他多多少少感知到了，但是成绩一直还是班上前三名，我想他将来不论跟谁，都应该能够成才。

下午我和妻子准时到了教室，果然都是夫妻一起来的，大家都在窃窃私语，不知道老师葫芦里卖的什么药。

"各位家长，今天请大家来，其实就是想让大家一起来听一个日记。"班主任张老师说。

什么，听日记？我和妻子很诧异，其他家长似乎也是一头雾水。

"对，今天我们不谈学习，也没有说教，只希望大家专心地来感悟一下一个孩子的内心世界。我事先征得了日记主人的同意，把它公之于众。"

教室里一下安静下来，只剩下老师抑扬顿挫的声音在回荡。

"8月10日，星期三，阴。这几天的天气总是阴暗晦涩，就像我的心情一样。今天上午，小刚逃学了，说是去打游戏，其实我们都知道，他父母离婚了，这已经是我们班上第六个父母离婚的了。放学以后，我们几个好朋友聚到一起讨论这事，大家都很不开心，尤其是自己的父母也存在危机的。最后他们商量出了一个特别行动方案，代号叫拯救行动，就是把父母的注意力吸引到自己身上，拯救父母濒临危险的婚姻。林灵说她要装学习下降，小胖准备学吸烟，燕子计划早恋。我没有参加他们的行动，因为这些都是很幼稚、可笑的行为，至少我的父母不会因为我出了点事就和好如初的。我又考了第一名，为的是让父母能开心一点，但是我却不知道怎么能让自己开心。今天林灵问大家将来结不结婚，我们都沉默了，既然婚姻只能给当事人特别是子女带来痛苦，那又何必结呢？我渴望有一个美满的家，却只能眼睁睁地看着它破裂，有谁能告诉我该怎么办呢？"

日记念完了，教室里却久久地没有声音，我的眼前一片迷蒙，我能回答最亲爱的儿子的疑问吗？我不知道。

# 过 马 路

老王常常庆幸，儿子学校门口，有一个地下通道。

老王的儿子叫小明，长得活泼可爱，特像老王小时候。对于这个四十岁才得来的宝贝，老王是千分疼爱，万分喜欢。儿子三岁开始上幼

儿园。每天早上老王早早起床，收拾好一切，然后背着儿子的小书包送儿子上学。途中要横穿一条宽阔的六车道马路，马路上车来车往，川流不息。向下几十米远的地方，有一座天桥。

这些年，听过看过太多交通事故，也多次亲眼目睹司机的无德，老王对过马路这事着实有些犯怵。现在的事实是：你遵守交通规则，司机不一定遵守，遇到个技术差的，犯愣的，不定什么时候，叭，一脚，咚，一声，就把你撂那儿了。

鉴于这种情况，老王总是带着儿子绕道从天桥上过。走天桥有几大好处，一是没有危险，不必提心吊胆，二是可以闲庭信步，不必慌慌张张，三是可以看四周的风景。时不时地，老王要给儿子讲横穿马路的危险。小乖乖，你看那些车子就像老虎，一不小心就会把小朋友吃了。不管什么时候，宁愿绕行，也不要横穿马路，记住了吗？老王说。儿子吮吸着手指，愣愣地点点头。

三年后，市政府进行市政设施改造，准备将天桥炸毁。得知这一消息，老王十分愤慨，这不明摆着浪费纳税人的钱吗？天桥才修六七年，明明可以继续使用，怎么就该炸毁了呢？更让老王担心的是天桥没了，儿子上学怎么办？横穿马路的种种危险又摆在了老王的面前。

所幸，在天桥炸毁之前，市政府在临近学校入口的马路那儿修了一个地下通道，这样对面的学生就能安全上学了，还不必绕那几十米路。市民们纷纷赞扬政府规划得好，老王悬着的心也放下了。儿子大了，上小学了，再加上有地下通道的庇护，老王不再接送儿子，总算松了一口气。不过老王却一次又一次严肃地叮嘱、告诫儿子，每天必须走地下通道，千万不能横穿马路。横穿马路的孩子都不是好孩子，说不定哪天就会被汽车撞倒。老王的儿子很听话，每天都规规矩矩地从地下通道来回，从来没有也从来不想去横穿马路。

四年的时光就这样平安地过去了。突然有一天，老王接到电话，儿子上学途中遭遇了车祸！老王失魂落魄地赶到现场时，儿子静静地躺在那里，已经停止了呼吸。

看着可怜的儿子，老王痛不欲生，他实在搞不明白，那么乖那么听

话的儿子怎么会去横穿马路？原来，因为排水系统出现故障，地下通道早晨积了一尺多深的水，学生们只得从马路上通过。有人告诉老王，看见他儿子在马路那边站了很久，也许是想等没车了再过，可车流一直不断。后来终于稀疏了，他便一下冲了过来，却在还有一步就过完的时候被飞速行驶的汽车撞倒了。其实，他原本可以在马路中间歇一歇，过完一半再过另一半的，不知道为什么他没有停。那人遗憾地说。

悲愤交加的老王一下明白过来，虽然儿子已经十岁了，自己却从来没有教过他怎样过马路。

# 雪 山 魂

海拔三千米的雪山之巅，有一所小学，学校六个班，一百二十三个孩子，却只有五位老师，其中唯一的一位男老师就是古明。

早上六点半，天刚蒙蒙亮，古明已经守在了半山腰的岔道口。天真冷，空中飘着细碎的雪花，古明不时地跺着脚，驱赶寒气。在他身后，一条雪白的窄窄的山路蜿蜒而上。

山路是孩子们上学的必经之路，陡峭、狭窄，最窄的地方只有四十厘米，而旁边就是万丈深渊。因为阳光照耀不到，一到冬天，皑皑白雪终日覆盖着小路，更增添了行走的艰难和危险。雪村的孩子，没有哪一个不曾在这条小路上摔过跤。六年前，八岁的小枫滑下山坡，落下终身残疾！从那以后，古明每天四趟接送学生，不管刮风下雨，从不间断。也是从那时开始，古明心中有了一个最大的愿望：希望小路拓宽，孩子们都能安全上学！

古老师！孩子们远远地便大声叫起来。唉，小心点！两个孩子来到

古明面前，古明用力地给他们拍打着身上的雪花。一会儿，十岁以下的孩子都到齐了。清点完人数，古明大声命令：出发！

上学啰！孩子们手牵着手一边往山上走，一边高兴地唱起了歌儿。别唱，小心脚下！古明高声叮嘱。知道了，古老师！孩子们小鸟儿般地应着，但是好些孩子还是没有停住歌声，有个别的还蹦跳起来。

唉！古明叹口气，这些孩子还太小，对于这条走了成百上千次的路，他们根本意识不到危险，可哪一天真要出了什么事，怎么得了？一想到这些，古明的心就揪了起来。

由于各种原因，古明的心愿一直未能实现。年前，他听到一个消息：教育系统要整顿教师队伍，像他这样的代课老师很有可能被清退。离开工作了十五年的学校，古明确实舍不得，可对家里来说未尝不是一件好事。他家在镇上，将来在镇上找个工作，既可以照顾妻儿，工资也不会比现在少。可孩子们的安全让他始终放心不下。没有什么比安全更重要，离开之前，一定要想法把山路拓宽！古明在心里下定了决心。

第二天，古明找到了村长赵大叔，赵大叔苦着脸说，古老师，不是我不想修，是没法呀！村里的青壮年都出去打工了，剩下些老弱病残，各人家里还有一摊活儿；若请外村人，村里又确实拿不出钱。要多少钱？古明问。如果拓宽到一米五，大概要四万多元。我回去想想，看有没有办法。古明说。您能想啥办法，您一个月工资就那么点，赵大叔眼圈有些泛红，这就是咱雪村孩子的命，谁叫咱们穷呢！

周末回家，古明将凑钱修路的想法告诉了妻子，善良的妻子沉默良久，最终含着泪把家里仅有的四千元积蓄交给了他。拿去吧，妻子说，我知道不修好这条路，你将来离开雪村也不会安心的。

请人修路四千块钱远远不够。那就我自己一个人先修着，古明想。第二天下午放学，送孩子们回家的路上，古明带上了锄头。两三天后，七八个六年级的孩子上学时也扛上了锄头。

每天下午放学后，巍峨的雪山上便晃动着几个单薄的身影，锄头撞击石壁的声音和孩子们银铃般的笑声打破了大山的宁静。

天气一天比一天更冷了，古明不准孩子们再参加修路，怕他们冻着

摔着。孩子们不在，古明就多干上一小时才回宿舍。

转眼就到元旦节了。大雪下了一天一夜，把巍峨肃穆的雪山装点得分外美丽和圣洁。下午，雪停了，古明带上锄头和扫帚，来到了山路最狭窄的路段。

扫雪，挖土，铲草，搬石头。很快，一小时过去了，汗水浸透了古明的衣裳，双手双脚也已经发麻发痛，可他顾不上休息。还有几天就是期末考试，属于自己的修路时间已经不多了，说不定下学期就会接到清退通知，古明想，能多干点就多干点吧，至少把这几处最危险的路段拓宽三、四十厘米也好啊。因为修路，自己已经好几个星期没有回家了，不知道儿子又长高了没有。古明边干边想。突然，砰的一声，锄头砸在了坚硬的石头上，一股猛然而来的反弹力把古明震得手臂发麻，他不由得向后退了一步，却不幸踩到了一块松动的石头上……

第二天，一百二十三个孩子在冰冷的山间大声呼喊着他们最敬爱的古老师。最终，孩子们找到了他，他却再也听不见他们的呼唤了。

安葬古明那天，天上下着大雪，雪村的男女老少，一个不落，全都来了，齐刷刷地跪在墓前，眼里涌动着悲伤的泪。古老师的墓被村民们建在学校旁的小坡上，正对着那条山路。大家说，古老师天天看着孩子们安全地上学，他才安心哩！就让他的在天之灵保佑孩子们吧！

一个月后，政府拨款修路的文件发到了雪村。

# 珍贵的一课

终于回到了阔别多年的母校，申强长长地出了口气。离开二十五年了，学校的变化可谓翻天覆地：原先低矮破旧的两排瓦房没了踪影，取

而代之的是漂亮气派的五层楼房，坑坑洼洼的操场变为了黄绿相间的塑胶运动场，四周是郁郁葱葱的树木。整个校园整洁美丽，给人一种赏心悦目的感觉。当然，这里面也有他的功劳，在学校八十周年校庆时，他匿名寄回了五万元钱，支援学校建设。

此次回来除了看看学校外，更主要的是想见一见班主任张老师，这个念头在他当年离开学校时就播下了种子，如今早已经枝繁叶茂，撑在心里快装不下了。遗憾的是，张老师早在十年前就退休了，现在住在女儿家，隔这儿挺远，往返要一天的车程。

申强拨通公司电话，补请了一天假。

驾着车跑在幽静的乡村公路上，申强的思绪飘回了少年时代。

那时候的申强很调皮，逃学、打架、捉弄同学，凡是学生可能犯的错误他似乎都犯过，也因此经常被张老师罚站、打手心、请家长，而每回从学校回来，粗暴的父亲对申强必定落下拳头。

初二下学期的一天，申强又因为没完成作业被张老师单独留下，离开时已经是彩霞满天。

半路上，两个校外的大男孩截住了他，因为申强欺负了其中一个的弟弟，申强被狠狠地打了耳光，脸立刻肿了起来，鲜红的鼻血滴得满地都是。

申强徘徊在家门口，不知道怎样向父亲解释自己的脸，如果父亲知道了真相，自己很有可能还会再挨一耳光。犹豫半天后，他想到了一个绝妙的理由，就说是老师打的，父亲一定会相信。

老师为什么打你？父亲问。因为我没完成作业。没有别的？没有了。父亲点点头，没有再追问。

第二天，申强照常去上学。没想到，一向坚决拥护老师权威的父亲竟随后赶到学校，找到了校长。申强被叫到了校长办公室，张老师也在那里。

你的脸是张老师打的吗？实话实说，不许撒谎！校长严厉地问道。申强的脸依旧肿得高高的，上面留着清晰的青色指印。

不知怎么的，泪水爬上了申强的脸颊，他想说是我自己摔的，可谁

会信呢？

不要怕，儿子，说吧。父亲的语气异常温柔。可越是这样，申强越能预见到如果说出真相，回家后会遭到父亲怎样的暴打。

是，是的。申强低垂着头小声说。

离开办公室时，申强飞快地瞟了一眼张老师，张老师正大睁着眼睛直视着他，眼神里包含着愤怒、惊讶、质问、痛惜，什么都有。

几天后，父亲为申强办理了转学。

从这以后，申强似乎一下长大了，知道了什么该做什么不该做，狂放不羁、不计后果的性格开始收敛，慢慢向沉静稳重过渡。

后来听说张老师因为那事写了检讨，还被取消了评优资格，听到这个消息时申强的心里像猫抓般难受，一种从未有过的悔恨、愧疚的情感填满了胸膛，而且，这种情感就像生了根一样，再也没有离开过他。

转学以后，申强再也没见过张老师，但张老师的眼光却时时伴随着他，一直到他读大学、参加工作、结婚、生子，每当他想撒谎、想办错事的时候，张老师那审视、拷问、痛惜的眼光就会自然而然地出现在他眼前，让他警醒，抛却那些不好的念头。这么多年过去了，申强早已明白，正是老师当年的眼神成就了今天的自己。面对老师承认当年的错误，求得谅解，也成了申强这辈子最大的心愿。

几经周折，申强终于找到了张老师女儿的家，一个古色古香的小院。

申强按捺住激动的心情轻叩门环。门开了，一个清瘦矍铄的老人站在申强面前。

"张老师，您好！我是申强，您83级的学生。"申强激动地说。

"哦，申强，我想起来了。你现在在哪里上班呀？当初考上大学没有？"

"考上了，我现在在石油公司作工程师。"

"好，好，你以前很调皮，我还没有把你教育好，你就走了，所以我一直担心，怕你不学好，现在我终于放心了。"张老师颤抖着胡须高兴地说。

这么多年了，老师不但不怪自己，还一直牵挂着自己的成长！申强一个大男人，眼眶竟有些湿润了。

"老师，我今天来是专程给您认错的，您批评我，打我吧。"申强像个小孩子似的恳求着。

"呵呵，当老师的怎么会怪自己的学生呢！你肯来，说明你已经认识到了错误，老师就放心了！"

凝视着张老师慈祥的容颜，申强庆幸自己有幸聆听到了老师用一生诠释的最珍贵的一课！

# 雪白的裙子

父亲是一个自私暴躁的人，从小我就这样认为。我们住在城市边缘两间破旧的小屋里，父亲每天早出晚归，在工厂里扛包。母亲在家洗衣做饭，兼带帮别人做点针线。

每天父亲下班回家，都是一屁股坐到椅子上，等母亲把饭菜端上桌，倒好酒，再叫他过来吃饭。有几次父亲回来时母亲的饭没做好，父亲竟大发雷霆，还掀了桌子，可怜的母亲只得在旁边掉眼泪。

父亲没有给过我多少爱和欢笑，而我对他，也没有多少敬爱和依恋。每天接我上学放学的是母亲，听我诉说烦恼为我排忧解难的也是母亲。他只会带给我成绩考差后面对巴掌的恐惧和看见他整天愁眉苦脸而在我心里产生的压抑忧伤。

母亲在我十岁时就去世了，夺去她生命的是疾病，但是我认为父亲也有份，如果不是父亲执意留在城市，如果不是父亲没本事挣不到钱，母亲就不会早早地失去健康，我也不会成为没娘的孩子。母亲下葬的时

候，父亲摸着我的头说："孩子你放心，妈妈走了，我一定会好生照顾你，供你上大学！"我没有应他，转身走了。我能感觉到父亲眼里的失落，但我就是不想理他。

父亲果然食言了，他没有照顾我，倒是我照顾他，给他洗衣做饭。他在外面从早忙到晚，挣的钱却不及我同学父亲轻轻松松挣的钱的一半。他从不辅导我的功课，只会一味要求我好好读书。

转眼我快满十六岁了，十六岁意味着青春、美丽，看着班上的女同学个个打扮得花枝招展，我只能暗自叹息，谁让我有一个没本事的父亲呢？

"东街的莉莉时装店有一条裙子很好看，你皮肤白，穿起来一定漂亮。"同桌撺掇我。

女孩子最不能抵挡的就是衣服的诱惑，放学后我就和同桌来到店里，穿上裙子，我能明显感觉到老板娘和同桌目光里的羡慕。

经过一番讨价还价，老板娘最后说什么也要一百五才卖。

"今天我没带这么多钱，你给我留着，过两天我就来买。"我说。

晚上父亲一直阴沉着脸。

"怎么了？"我问。父亲不语。多问几次父亲不耐烦地挥挥手，"大人的事小孩别管，读好你的书！"

我最讨厌他这种态度，永远拿我当小孩，不知道我已经是一个大姑娘了。可我不能不问，我的花裙子还等着我呢。

"是不是老板没发工资？"

"发了，喏。"父亲从兜里掏出折得整整齐齐的几百元钱。

"东街的时装店有一条裙子，我穿起来很好看。"我装作不经意地说。

父亲没有开口。

"日子过得真快，再过几天就是六月五日了。"我继续"启发"父亲。六月五日是我的生日。

"你的作业做好没有？"父亲忽然问道。

我的心一下跌到谷底。

晚上，我在被窝里偷偷抹眼泪。那条裙子不是一条普通的裙子，它

系着我的自尊、自信和对青春、美丽、时尚的全部渴望！可是这一切都被父亲彻底粉碎了，他根本不曾关心过我，不明白我在同学面前的自卑和痛苦！我在心底里恨极了父亲。

为了美丽，为了面子，我决定铤而走险！

第二天晚上，父亲回来后一直愁眉不展、唉声叹气，我想他一定是发现钱丢了。吃饭的时候我一直小心翼翼，生怕露出破绽，幸好他没有盘问我。

生日是星期天，早上六点我就起床了，父亲不在，也没留下只言片语。"一定是把我的生日给忘了，如果妈妈还活着，肯定不会这样！"我抚摸着妈妈的遗像，泪水流满了脸颊。

穿上新裙子，我却发现它并不是特别的漂亮，我有些后悔。

晚上八点了，父亲还没回来。这几天他一直很忙碌。

九点了，还是没回来。我有些担心。

时钟敲响十点的时候，父亲的工友王叔叔突然过来，把我往医院领。王叔叔告诉我，他们一直上班的工厂倒闭了，为了挣钱，这些天父亲到处打零工，因为劳累，钢坯从手中落下，打中了脚背。

我的泪一下涌了出来，"何必呢？"我说，"何必一定要留在这个鬼地方，回农村去也不会饿死！妈妈已经走了，我不能让爸爸再离开我！"

"傻孩子，"王叔叔说，"你爸爸还不是为了你，他认为城里的教学质量比农村好，所以才会一直坚持留在这儿。"

原来是这样，我的心战栗了。

父亲躺在病床上，脚肿得老高。"爸爸！"我含着泪扑上去。

"闺女别哭，爸爸没事。"父亲为我擦去泪水，然后打开枕边一个纸袋，小心翼翼地捧出一条雪白雪白的裙子。"我在你说的那家店里买的，你看喜不喜欢？生日快乐，女儿！"

原来父亲并没忘记我的生日，他只是把爱深深地埋在了心底，而我却一直误会他，做了那么多不该做的事。

"谢谢您！爸爸！"我无比快乐无比内疚地说。

# 六一节的礼物

一年一度的六一儿童节到了，学校操场上彩旗飘舞，歌声飞扬，孩子们载歌载舞欢庆着自己的节日。文艺表演和表彰活动结束后，同学们各自回到了本班教室。我隆重地表扬了获得区、校级奖励的十名同学，他们都高兴地接受着同学们的掌声，只有陈小华绷着个脸很不开心的样子。

"同学们，今天是你们的节日，爸爸妈妈给你们准备了什么礼物呀？"我问道，教室里立刻举起一片小手。

"给我买了新衣服！"

"带我去城里公园！"

"给我买了变形金刚！"

"玩淘气堡！"

……

孩子们争先恐后地回答，一张张小脸上写满了幸福和骄傲。

"陈小华，你呢？"我问道。

小家伙极不情愿地站起来，手指揉弄着衣角，"我不知道。"他低声回答。

教室里一片哄笑声。

"他爸妈出去打工了，他们从来不给他准备六一节的礼物。"同桌同学说道。

教室里立刻安静下来，泪水涌上了陈小华的眼眶。

放学的铃声终于拉响了，教室外面早已站满了来接孩子的家长。按照惯例，下午放假半天，由家长给孩子们庆贺节日。孩子们一个个像小鸟一样轻盈地飞进父母怀里。片刻之间，教室里便空荡荡的，只剩下陈小华在那儿慢腾腾地收拾着书包。

"小华，跟老师到办公室坐坐吧。"我说。

"今天得奖状了，应该开心才对，男子汉要坚强，不要轻易掉眼泪，懂吗？"我轻轻拍拍他的肩膀，他点了点头。

"你能评上区三好，真是个了不起的孩子，你不知道，好多同学都妒忌你呢！"

小家伙开心地笑了。

"想不想爸爸妈妈？"

"想。"

"有多久没见到他们了？"

"三年。"

三年，我的心一凛。

"想他们的时候就给他们打电话呀。"

"不行，爸爸说有事儿才能打，他们忙，又费钱。"

"那他们多久打回来一次？"

"说不准，有时两个星期，有时三个星期，反正村东头小卖部的王婆婆一叫我，就是他们打电话回来了。"

"想不想告诉他们你得奖状了？"

小家伙眼睛一亮，狠狠地点了点头："嗯！"

"那我们来试试。"

我按下免提键，然后拨了他父母的手机号码，电话里传来悠长的嘟嘟声，小华屏着呼吸，紧张地盯着话机，好像爸爸妈妈会从那里面钻出来一样。电话那头却一直没人接听。

"也许他们忘带手机了。"我遗憾地说。

"哇。"小家伙突然哭起来。

"乖，别哭，我们再拨。"我急忙按下重拨键。

"喂！"电话那头传来一个女声。

"通了，通了！"我高兴得大叫，小华却傻愣愣地站在那里，一句话不说。

"你这孩子傻了吗，快说话啊！"

　　"喂，是小华吗？"电话里的声音一下激动起来。

　　"妈妈，是我！"

　　"幺儿，你还好吗？怎么想到给妈妈打电话？"

　　"妈妈，我评上了区里的三好学生！"

　　"好！真好！真是妈的乖幺幺！"

　　"我儿子就是能干！"电话里传来小华爸爸的声音。

　　"妈妈，今天是六一儿童节，同学们都收到爸爸妈妈的礼物了。"

　　"哦，对不起幺儿，妈妈忘了，妈妈下午就去给你买新衣服寄回来。"

　　"不，我不要新衣服。"

　　"那买你最喜欢的恐龙玩具？"

　　"我也不要玩具。"

　　"你要什么？妈妈给你买！"

　　小华犹豫着："我，我不敢说。"

　　"你说吧幺儿，妈妈这次一定会满足你的。"小华妈妈急切地说道。

　　"快说啊小华。"我也在一旁催促。

　　"我什么都不要，就想要你抱抱我！"

　　电话那头一片沉寂，随即传来了小华母亲低低的啜泣声和父亲鼻子抽动的声音。

　　"妈妈你别哭，我错了，我和你开玩笑的。"小华紧张地说。

　　电话里的哭声更响了。"小华，爸爸妈妈对不起你！让你受苦了！"爸爸哽咽着说。

　　"爸爸妈妈，我知道，你们都是为了我才去打工的。你们别哭了，老师说得了奖状应该高兴的！"小华抹着眼泪。

　　"乖幺儿，今年春节妈妈一定回来，补偿你的礼物！"

　　"谢谢妈妈！"小家伙挂满泪花的脸上绽放开最美丽、最幸福的笑容！

# 狼 来 了

最后看了一眼熟悉的家，可可含泪背上包走出了家门，后面是母亲嘤嘤的哭泣和父亲的怒吼：走了就别再回来！

可可不明白父亲为什么发那么大的火，不明白他们为什么抱着陈腐的观念不放，正如父亲不理解她一样，这是两代人之间的代沟，可可想，坚守理想中的爱情、追求属于自己的幸福，这没有错！

已经是晚上九点了，街道上空荡荡的，高跟鞋击打地面发出清脆的响声，在寂静的街道上传得很远。对方的电话一直打不通，一阵冷风吹过，可可激动的心情渐渐平复，不安和惶惑袭上心头：这么晚了，上哪儿去呢？

转过街角，可可发现花坛边的椅子上有一团黑乎乎的东西，像狗，似乎又比狗大。可可大着胆子走过去，原来是一个三四岁的小女孩，穿着薄薄的衣服，紧紧地缩成一团，已经在椅子上睡着了。

这么睡非感冒不可。可可轻轻地摇醒了小女孩。"小妹妹，你叫什么名字？这么晚了，怎么还不回家呀？"

小女孩揉了揉惺忪的眼睛："姐姐，我叫小妮，我不想回家，家里有大灰狼。"

"你们家怎么会有大灰狼呢？小孩子不能说谎。走，姐姐送你回去。"可可拉起小妮的手。

"不，我不回去，我们家就有大灰狼！"小妮又哭又闹。

没办法，可可只好带着小妮来到了一家快餐店，小姑娘显然饿坏了，几下就把面前的食物吃得干干净净。

"现在可以告诉姐姐是怎么回事了吧！"可可说。

"好吧。"小妮点着头。原来，最近这一段时间，小妮的爸爸老是很晚才回来，在家的时候，爸爸也不看小妮唱歌、画画了，而是老和妈

妈吵架，有时还砸东西。妈妈说爸爸遇上大灰狼，把爸爸的心肝吃了，所以爸爸不再疼爱小妮了。

"今天是我四岁生日，本来他们都买好了蛋糕的，可是不知道为什么又吵了起来，把蛋糕也扔了。我一个人在自己房间里哭，没人管我，后来我就跑出来了！"小妮的泪珠又大滴大滴地掉了下来。

真是一对不负责任的父母，把孩子带到这个世界又不好好疼爱，这样的人上天真该好好惩罚他们，可可在心里诅咒道。

"小妮，我们饭也吃饱了，现在该回家了。"可可说。

"不要回家，家里有大灰狼！"小妮摆着手。

"不怕，有姐姐在，大灰狼就不敢吃你了，姐姐专门降伏大灰狼。"等到了小妮家，一定要和小妮的父母好好谈谈，大人之间再有矛盾，不能忽视孩子。可可想。

可可牵着小妮的手，七拐八拐，转了好久，终于找到了她家。可可摁响了门铃。

一个女人打开房门，红肿的眼睛瞬间放出光芒，"女儿！"女人疯狂地扑过来，抱起了小妮。"阿勇，别打电话了，小妮回来了！"女人冲里边喊道。

"乖乖，你回来啦！"小妮的父亲快步跑出来，双眼含泪，拥住了妻子和女儿，一家人紧紧地抱在了一起！

看着眼前的一幕，可可悄悄地退了出来，眼眶里盈满了泪水，是感动，是悲伤，还是欣慰，可可自己也说不清，在阿勇——她热恋的男人冲出来的一刹那，可可明白了自己决定的错误和愚蠢，这辈子做什么不好，竟然做了一只破坏别人幸福的大灰狼！

# 最好的礼物

"这儿兴许可以建一个游乐场，旁边再建个超市。"约翰审视着前面一大片地方，在心里筹划着。多年的投资经验，让他对开发这片土地充满信心。

几步远的地方，一个五六岁的小男孩一直盯着他看，从他下车到现在，足有十来分钟了。这让约翰有了兴趣。"小家伙，你好！"约翰说。

"叔叔，您好！能让我为您擦车吗？"小男孩指着约翰的奔驰，那上面溅了不少的泥点。

"擦车？"约翰感到有些意外，这么小的孩子怎么能干这种体力活！"告诉我，你为什么要擦车？"

"擦车能挣到钱。"

"你挣钱做什么？"

"给我妈妈。妈妈病了，还要去工作，我挣了钱，妈妈就可以不那么辛苦了。"小男孩盯着约翰的眼睛，认真地说。

"你爸爸呢？"

"爸爸已经死了，只有我和妈妈两个人。"

约翰的心里掠过一丝感动，他从钱包里抽出一百美元递给小男孩，然后打开车门准备离开，公司的一个重要会议还等着他去主持。

"叔叔，您不擦车吗？"小男孩问。

"不擦，但钱还是给你。"约翰猜想小男孩一定会高兴得跳起来，他希望小男孩高兴。

没想到小家伙生气了，小脸绷得紧紧的。"我没有为您擦车，就不能收您的钱。"小男孩将钱还给约翰。

"算我送给你的，好吗？"约翰说。

"不行，妈妈说过，不能随便接受别人的施舍。"小男孩噘着小嘴，显出倔强。

"好，你帮我擦吧。"约翰败下阵来。

小男孩一声欢呼，飞快地跑回十几米外的小屋，提着一小桶水，拿着一条毛巾出来了，约翰赶忙迎上去，帮他把水提到车前。小男孩把毛巾放到桶里打湿，再拧干，然后一丝不苟地擦起来，小小的身体和胖乎乎的小手臂不停地来回移动，看得约翰有些心酸。

车擦完了，小男孩已经累得满头大汗。说实话，擦得并不干净，车身上东一点、西一块地残留着污泥，如果是在洗车场，约翰一定会训斥对方，但这一次，约翰俯下身来捏捏小男孩的脸蛋："干得真棒，小子！"

"谢谢！"小男孩骄傲地笑了，"以后您擦车还来这里，行吗？我想多存点钱给妈妈。"小男孩用恳求的目光望着约翰。

"行。"约翰爽快地答应了。

事实上，约翰不可能真的车脏了就去找小男孩，他每天天南海北，忙忙碌碌，像一只无头苍蝇。但是每当在工作中遇到困难或者厌倦了商场的尔虞我诈心情烦闷时，约翰就会想起小男孩，想起他明亮的眼睛，约翰就会抽出时间开车去小男孩那里。

很多时候，他们一起动手，约翰提水，小男孩擦车，约翰再擦第二遍。每次踮着脚尖擦车顶，肥胖的身体都会让约翰满头大汗。对他来说，擦车可是他当经理二十年来唯一干过的体力活。天空蔚蓝，空气清新，有时他们甚至还会在旁边的草丛中做做游戏。

每次约翰都付给小男孩一百美元，这点钱对他这个富翁来说，简直是九牛一毛。"吉姆，你把钱都交给你妈妈了吗？"男孩叫吉姆，一次，约翰问吉姆。

"还没有，"小家伙回答，"我把它们都存在一个盒子里，等妈妈生日的时候，再交给她。"

"这一定是一份最棒的生日礼物。"约翰说。

这一天，约翰又去擦车，远远地便看见吉姆身边站着一个女人。

女人身材修长，面容清秀，穿着虽不华贵却干净整洁。她手里捧着一个盒子，盒子里装着的是约翰给吉姆的所有钱。

"先生，谢谢您的好心，可我们不应该得这么一大笔钱。"女人说。

"夫人，恭喜您以您优秀的品格养育了这样一位出色的儿子！"约翰拍着吉姆的小脸说，"您不应该也没有理由拒绝这笔钱，因为它是吉姆花了六个月的时间为您精心准备的生日礼物，上面凝结着吉姆的汗水以及对您的无限敬爱！而且，应该说谢谢的是我，"约翰感慨地说，"是吉姆让我找到了丢失已久的快乐、善良、感动，以及敢于面对一切困难的勇气！这也是吉姆带给我的最好的礼物！"

# 为爱停留

丽是村里第一个大学生。

二十年前，这儿一片贫瘠。土里种出来的东西只够填饱肚皮，面对每学期一二十元的学费，庄稼汉们便苦了脸。学费一拖再拖，虽然张老师从来没抱怨过什么，孩子们却再也不好意思继续上了，就这样走了一个又一个。

丽常常看见张老师望着空空的座位发呆，张老师爱孩子们，却留不住他们辍学的步伐，张老师便常常叹息：可怜这些娃子啊，正是读书的年龄，却只能在野外捏泥巴玩，没有文化，他们将来又能干什么呀？

丽是这些孩子中最幸运的一个，父母过够了土里刨食、天天面对大山的生活，发誓就是砸锅卖铁也要让心爱的女儿走出山沟，做城里人。

丽很聪明，也很努力，十六岁就走出了山沟，到县城念中学。第一

次离开家，离开熟悉的大山，丽很恐慌，也很想念父母，好容易熬到周末，丽慌慌地收拾东西回家，却被父亲堵在了校门口。"别回了，米和咸菜我都给你带来了，"父亲扬扬手里的口袋，"好好温书，考不上大学别回来。"

山沟的穷像大山压在庄稼人身上。忽然有一天，嫁到外面的小兰和男人回来把大哥、二哥带出去了，隔了几个月，就有薄薄的几张伟人头寄回来。消息震动了整个山村，陆续便有年轻人走出村子，到遥远的地方打工。

丽考上了省里一所著名的师范大学，村里像过节一样，人人脸上透着喜庆，张老师把通知书看了又看，摸了又摸，父亲高兴得像个傻子，有人没人都咧着嘴乐。知道上大学得花很多钱，乡亲们都主动挪出钱来给丽做学费。

转眼六年过去，丽已经是市里一所中学的语文教师了。

本来说好了父母到城里过年的，父亲突然打来电话，叫丽春节无论如何也要回家一趟。到了家，母亲的腊肉煮得正香。

饭桌上，喝了酒的父亲变得有些唠叨，反复述说着山沟的变化，路修通了，用上自来水了，牵上闭路了，家家户户装电话了，学校的旧瓦房变成三层小洋楼了。

"这些我都看到了，"丽说，"再怎么变，能撵上城里吗？到处跟花园似的，那才叫漂亮！等以后我买了房子，接你们去住，让你们也当几天城里人。"

父亲不说话了，低着头喝闷酒。

"隔壁大柱的儿子上月被抓了，才十四岁。"母亲说。

"为啥事呢？"

"抢劫。唉，好好的一个孩子给毁了。爹妈又隔千里万里。"

丽叹口气。

"村头的小强，整天打游戏，奶奶想管也管不了。"母亲接着说，"还有你二叔的孙子，十二三岁，已经会抽烟喝酒了。"

"谁叫他们父母只知道打工找钱，不管孩子。"

"没法呀，不打工这公路打哪儿来？不打工这家家户户就只能像以前那样顿顿喝稀粥！"父亲说。

丽的心里便有些不得劲。

"去看看张老师吧！她退休了又主动留下来继续教书，前段时间她一直念叨你呢！"父亲说。

张老师老了，额头上刻满皱纹，唯一不变的是眼神依旧充满慈爱。她牵着丽的手来到空空的教室。

"小丽，还记得你小时候吗？同学们因为交不起学费而辍学。那时我是真的心痛啊，心痛他们因为没钱而失去学习的机会。现在，孩子们再不需要为学费发愁了，可是他们缺少一个更重要的东西，那就是'爱'啊！"张老师重重地叹口气，"村里的孩子百分之七十都是留守儿童，父母双双外出打工。我班上的小梅已经九年没见过爸爸妈妈了，她甚至不记得他们长什么样子！"

丽的鼻头一阵发酸。

"学校很缺老师，城里的老师没人愿到这里来。而且，孩子们更需要懂他们爱他们的人！"张老师抬起头望着丽，窗外射进的阳光照在她花白的头发上，闪闪发亮。

丽心事重重地往家走，远远地便看见自家屋里站了不少人。有老人，有小孩，更多的是在外打工回来过年的年轻人。墙角堆满了大家带来的礼物。恍惚中，丽仿佛又回到了六年前，也是这些淳朴的乡亲们，托起了她追寻梦想的第一程。

"李老师，你过完年，走吗？"人群中有人小声问道。立刻，屋里一片寂静，大家都用期盼的目光望着丽。

"有这么多爱包围着我，有这么多的孩子需要我，我怎么会走呢？"丽轻轻地回答。

# 儿子的眼睛

儿子今年五岁，有一双忽闪忽闪、清澈明亮的大眼睛。

儿子刚刚学会走路时，我喜欢带着他到野外去，那儿是他的乐园——金黄的油菜花，嫩绿的小草，嗡嗡叫的蜜蜂，还有一跃而起的蟋蟀，都是他所喜欢的。不过他最好的朋友是小蚂蚁。有一次，一只黑色的蚂蚁爬上他胖胖的左手，他害怕得跳起来，右手使劲把蚂蚁拨拉到了地上。"爸爸，踩它！"儿子心有余悸。我轻轻地笑了："儿子，蚂蚁也是它爸爸妈妈的宝贝，把它踩死了，它爸爸妈妈会伤心的。""噢。"儿子原谅了蚂蚁的冒犯，还问了许多关于蚂蚁的问题。

后来，儿子再到野外，就喜欢低着头睁大眼睛找他那些黑黑的朋友，把带来的礼物——一小块糖分给它们，再看它们成群结队地把糖搬回家，然后儿子就拍着小手欢呼起来；又或者到处找寻需要帮助的蚂蚁朋友，帮它们过水洼、搬食物，帮迷路的蚂蚁回家。

上幼儿园了，儿子的世界开始丰富起来。他告诉我，金丝猴喜欢在树上跳来跳去，南极的企鹅很笨很可爱，小青蛙要冬眠，小牛喜欢吃青草。"还有，爸爸。"儿子拉着我的手说，"我们人类和动物是朋友，要爱护动物，不能伤害它们！""对，要爱护动物！"我的心为儿子表现出的纯洁爱心而激动着。

春节前电视中送给台湾同胞的一对大熊猫更是调动起了儿子的极大热情，他亲自为它们起了乳名"团团、圆圆"，看着屏幕上憨态可掬的团团、圆圆，儿子的眼睛闪闪发亮。

我是多么希望儿子的眼睛永远清澈明亮啊，但我无能为力。让儿子的眼睛变得迷茫的也是一次电视节目，讲的是研究动物的一些人（他们应该是最爱动物的吧），从遥远的地方引进了两只豹子，他们像照顾婴儿一样地照顾它们，每天喂奶、洗澡、量体温。小豹子生病了，他们着

急得不得了，细心地给小豹子打针吃药，自己还担心得睡不好觉。

后来豹子长大些了，应该学习捕食动物了。屏幕上详细地记录了它们第一次捕食的过程。人们把一只年幼的乖巧的活羊扔到豹子面前，那只羊恐惧地奔逃，最终没能逃脱豹子的攻击，变成了豹子的美餐。看着豹子撕扯着血淋淋的羊肉，儿子睁着惊恐的眼睛，接着电视里面说，"看到小豹子能自己捕食了，我们（饲养豹子的人）举杯庆贺。"

这时，儿子的眼眶里装满了泪水。"爸爸，他们为什么这样做？你们大人不是说人和动物是朋友吗？动物和动物也是朋友呀，就像我们人和人是朋友一样。为什么他们要把羊扔给豹子呢？为什么朋友要吃朋友呢？"

# 选　　择

他从来没有做过选择。

因为他有一个为他负全责的好妈妈。

他出世后，妈妈特意请了长假，带他到三岁，怕年迈的奶奶溺爱他，她坚持一个人带，帮他拒绝了奶奶的慈爱。

开始读书了，小伙伴们一拨拨地到他家玩。但是一两次后，就不再来了，都被妈妈拒之门外，只留下一两个学习好又斯文的小男孩。妈妈帮他选择了朋友。

学习的时间是寂寞难熬的，妈妈一辈子吃够了没有文化的苦，发誓要供他上大学，和同龄的孩子不同，他不需要做家务事，因为妈妈舍不得让这些小事花掉他宝贵的时间。每天，他坐在家里狭小的写字台边，面前摊开着课本，静静地望着高高的墙壁发呆，耳朵里充斥着小伙伴们

疯狂的笑声闹声，那声音穿过他的耳膜，撞击着他的心。那时他就想，母亲的爱为他编织了一张无形的网，任他怎样突也突不出去。等长大后，他一定要冲出去，呼吸外面的新鲜空气。

尽管他使出了浑身解数，也没能考上大学，母亲提前退休，为他挪出了位置，他毫无感觉地进了人人羡慕的工厂，做了一名普通工人，不久，又谈恋爱，结婚。

母亲老了，没法再管他了，他也想，工作了，结婚了，这下该独立了吧。可是不久他就发现他依然不能自由支配自己的言行，在厂里有组长、主任、厂长，他得完全按照他们的意思办事，才能保住饭碗，在家里有老婆母亲，他得顺着、哄着，才能一切太平。

很多时候，他会莫名其妙地做一个梦，梦见自己变成了一只雄鹰，在湛蓝的天空中自由自在地飞翔。

转眼几年，儿子出世了。面对娇嫩的儿子，他猛然意识到了肩上的重任，自己必须为这棵幼苗遮风挡雨，有义务有责任为他规划一个好的将来。

小家伙会满地乱跑了，他怕他摔伤，限制着他玩耍的区域，可儿子淘气，专爱爬坡上坎，经常摔得鼻青脸肿。他心里就烦，烦儿子不听话。

儿子读幼儿园了，回家就表演老师新教的歌，清脆的童音逗得他和妻子特别高兴，老师说这孩子有音乐天赋，他想这可不能给耽误了，立即买了小提琴，请了音乐老师。儿子不认这账，回家就把小提琴摔在地上，自己折纸飞机玩。小兔崽子！他劈脸就是一巴掌，打得儿子哇哇大哭。儿子终于乖乖练琴了，他松了一口气。

儿子读小学的时候，学校呼地刮起了一股补习热，什么作文、奥数、钢琴、书法、国标、跆拳道，门类繁多。孩子不能输在起跑线上，虽说他现在不想学，可等到将来没本事时肯定会埋怨自己，他急忙一口气给儿子报了作文、奥数、书法、跆拳道四个班，文理兼修，既锻炼身体，又培养艺术气质，这才算是全面发展的人才，他想，幸好我有先见之明，早就让他学了小提琴。

"爸爸，你有过梦想吗？"有一天，儿子突然问道。

"梦想，好像没有过。"他在记忆中搜寻了一遍，缓缓地摇了摇头。

"想知道我的梦想是什么吗？"儿子问。

"是什么？"

"你猜猜？"

"当解放军？老板？科学家？电影明星？歌星？"他一个个往下猜，儿子都摇头。

"那是什么？"他不解地问。

"我现在最大的，也是唯一的梦想，就是能够做一次自己的主，自己选择交我喜欢的朋友，做我爱做的事，"儿子说，"爸爸，您明白我吗？能满足我吗？"

他愣了一下，摇摇头又点了点头。

"耶！"儿子欢呼一声，冲出家门。立刻，院子里到处都荡漾着儿子和玩伴们放肆的大笑、尖叫。他心里竟然泛起一股酸意。

"你有过梦想吗？"儿子的话盘旋在耳际，他依稀记起，他曾经想过做一只自由的雄鹰。

# 小　美

丽是一个美丽的女孩，从小在蜜罐里长大，可最近却接连受到打击，先是相恋三年的男友移情别恋，接着视她为掌上明珠的父母临到老年却离了婚，自己找工作又屡屡碰壁，丽真有一种灰心绝望的感觉。伤心之余，丽决定躲得远远的，她报名参加了支援西部的计划，到一个边

远的农村小学教书。与孩子们相处应该是最快乐的事，丽想。

火车、汽车、三轮车一路颠簸，又步行了十多里的山路，一幢灰白色的建筑终于出现在丽的视线里。丽疲惫的双脚踏上学校的土地，眼前依次出现的景象让丽的心里忽然有些凉，小小的学校，小小的操场，残缺的黑板，凹凸不平的教室，带着汗臭味的孩子……

恍恍惚惚中放学的铃声响起，孩子们小鸟一样飞出校园，其他上课的老师住在附近，也相继回家。整个学校空荡荡的一片，安静得可以听见远处的鸟叫。没有电视，没有宽带，就连手机信号也很弱。躺在寝室简陋的床上，孤独、恐慌、失落，潮水一般向丽袭来。

丽接手的是四年级，几周下来，仅存的一点热情和自信几乎丧失殆尽，孩子们虽然淳朴可爱，可基础太差，学习习惯也不好，要想提高他们的成绩绝不是件容易的事。

原来，理想和现实有着这么大的差距，原来，自己竟是一个无用的人。悲伤、失望、沮丧就像一片阴云，时时刻刻笼罩在丽的心头，也许自己选择来到这里原本就是一个错误，丽悄悄写好了辞职信，却迟迟没有交出，毕竟做生活的逃兵是一件可耻的事。

这天第二节是语文，丽在讲台上生情并茂地朗读课文，下面忽然传来低低的窃笑声，顺着孩子们的目光，丽看见坐在最后一排的李小美趴在课桌上正睡得香甜，鼻翼翕动，发出轻微的鼾声，口水顺着嘴角流到手臂，又流到课桌上。

这些天来压抑在心中的诸多不快瞬间转化成怒火，丽高高举起教棍。教棍最终重重地落在了课桌上。

下课了，丽把小美领进办公室。

为什么打瞌睡？丽生气地问道。

小美双手紧张地捏着衣角，没有说话。

上课时间是用来学习的，不是用来睡觉的！我千里迢迢到这儿来是教你们读书的，不是来听你打呼噜的！丽提高音量，几乎在吼。

小美吓得身子一颤，大颗大颗的泪水滚落下来。"对不起，老师，昨天晚上我睡晚了，所以打瞌睡。"

"为什么睡晚了？"

"昨晚上帮舅妈织渔网，然后又洗衣服，衣服洗好后再做作业，就睡晚了。半夜妹妹又醒了，一直哭，我哄了她半天才睡着。"

"你怎么这么多活啊？你的父母呢？"丽的声音软下来。

"爸爸三年前打工出事去世了，妈妈后来跟人跑了。"

"那一直是谁照顾你呢？"

"奶奶，可奶奶半年前生病也走了。"小美抽泣着。丽的心里也酸酸的。

"那你现在跟你舅舅舅妈过？"

"嗯。"小美点点头。

"我去跟你舅妈说说，让她不要给你安排那么多活儿，好吗？你还这么小，还要学习。"丽怜惜地抚摸着小美瘦瘦的脸颊。

"千万不要，"小美慌忙摆手，"干活都是我自愿的。舅妈肯收留我们已经很好了，还供我读书。我一定要多干活，洗衣服、做饭、带妹妹、帮舅妈织渔网挣钱。如果我连这些都不做，哪天他们不管我们了怎么办呢？"

丽的眼睛湿润了，眼前扎着小辫的女孩只有十岁，这个年龄应该是在父母怀里撒娇啊。

"其实现在已经很好了，我还可以继续读书，将来我还要读中学、读大学！我相信我和妹妹的生活会越来越好的。"小美用手背擦擦眼角，脸上露出稚气的、开心的笑，就像绽开了一朵美丽的花。

"当然，一定会越来越好的！"丽伸出手把小美的手握在手心，"我们都会越来越好的！"

# 园 丁 之 心

早晨，李强一早起床就觉着全身酸软，脑袋发沉。想想学生的课耽搁不得，强拖着酸软的身体来到学校。

下午第一节课已经开始十分钟了，赵勇的座位还空着，平时从不迟到的丁阳、李淮也没来，强一边讲课，一边焦急地瞅着门外。

课到一半了，还不见人影，强心里有些七上八下，该不会出什么事儿吧？

"报告！"三个声音同时响起，三人站在门口喘着粗气。

"你们到哪儿去了？"强悬着的心终于放了下来，随即一股怒火噌地冒起。

"我忘了带数学书，就回去拿，他们等我。"赵勇飞快地说。

"撒谎，你们是不是洗冷水澡去了，要不然头发怎么会这么湿？"强厉声道。

丁阳、李淮颤颤地点点头。

"好，你们回座位去吧，赵勇站着。"强命令道。

"凭啥子他们可以坐我不可以，这不公平！"赵勇大声吼道，随即骂出一句脏话。

学生当堂辱骂老师，这不啻于扔下一颗炮弹，教室里立时炸了锅，转而全场安静，大家都紧张地望着强。

"你刚才说什么？"强怒吼道。

"你不公平！"

"后面一句！"

"没了！"

"你还敢不承认！"强手中正拿着讲课用的三角板，盛怒之下不由顺手往赵勇肩膀敲去，赵勇把头一偏，三角板从额头上划过，一道血痕

赫然显现，几颗小血珠跟着渗了出来。

强和赵勇一下都愣在那里。"见血了！见血了！"教室里乱成了一锅粥，强的脑袋嗡地大了，拉起赵勇的手就朝校医室跑去。

接下来的事比强预测的要坏得多，虽然只是一道血痕，赵勇的家人却表现出了相当的重视，平时请家长时从不见影儿，这次全家人一起闹到了学校，并且在这之前已告到了教育局。学校责令强当场给家长和学生赔礼道歉。在领导、同事和办公室外围观学生的注视下，强绷着脸说出了"对不起"，他看见赵勇的脸上掠过一丝轻蔑。

再去上课，强发现班上的学生有些变了，上课讲话、开小差的人越来越多。赵勇更加肆无忌惮，依然几天都迟到，去洗冷水澡。

学校教职工大会上，校长对强做了狠狠的批评并宣布了处理决定。大会结束已是六点半了，强慢腾腾地收拾东西，最后走出校门。几天来所经历的一切，就像一场噩梦在强脑海里一一闪现：担心学生出事的焦急，被学生辱骂的愤怒，打伤学生后的悔恨，向家长、学生道歉的屈辱以及刚才接受处罚的委屈和将来怎样对待学生的迷茫，万般滋味，一齐涌上心头，强的眼圈不由得红了。

"今后我要是再管一个学生，我就他妈的不叫强！"强在心里发誓。

转过山头，迎面是一个大水库，周围一带的学生都爱来这里洗冷水澡，让学校和家长伤透了脑筋。强偏过头，不想看它，越看越生气，越看越伤心。

"救命啊！救命啊！"水库里忽然传来声音，强扭头一看，一个小脑袋正在水上一浮一沉，情况十分危急。强立刻向水库跑去，边跑边脱掉外衣。

"救命啊！救命啊！"喊声越来越微弱，但仍然可以分辨出是赵勇的声音。"这个屁娃！这么晚了还不回去！当家长的都死光了呀也不知道出来找找！"强生气地边想边扑通一声跳入水里。

强奋力划到赵勇身边，右手抱住他的腰，左手使劲地划着水。往日灵活的身体，今天却显得特别的沉重，一是因为赵勇的重量，还有就是自己感冒一周了，身体还没有恢复过来。"赵勇，一定要坚持住！"强

给赵勇打气。还有五米，三米，两米，一米，终于到了！强缓缓劲儿，双手抱住赵勇的腰，用力把他往上托，"抓稳那些枝条！"强大声命令道。待赵勇抓稳后，强深深地吸一口气，用力一顶，终于把赵勇顶上了岸。强心头一下轻松了，双手却也跟着松软下来，怎么也抓不稳岸边垂下来的枝枝丫丫。他觉得很累很累，真想好好地休息一下！慢慢地，强的身体往下沉……

"李老师！"赵勇大睁着眼睛望着水面，发出狼一样凄厉的叫声。

# 责　　任

父亲走了，去了遥远的地方，这辈子再也见不着了，几十副中药也终究没能留住他的命，八岁的小强站在母亲身后，望着父亲的棺木，眼睛哭得像两个熟透的红桃子。不过他更心疼母亲，父亲病了以后，母亲一个人干着家里六个人的地，还要照顾生病的父亲、瘫痪的爷爷奶奶和年幼的弟弟，母亲瘦了，瘦得像根风都可以吹倒的高粱秆子，偶尔拂过他的脸颊的手满是厚厚的茧，刺得他的脸生疼。

"小强，过来。"昏暗的灯光中，隔壁二姑婆悄悄地扯了一下他的衣领，带着他来到门外墙根下。

"你可得把你妈看紧点。"二姑婆说。

"为什么？"小强仰起头。

"兴许她会干什么笨事。"

"笨事！她想跟爸爸一起走？"小强瞪圆了眼睛，眼泪不争气地冒了出来。

"也许吧，小孩子家别问那么多，总之你多跟着她就是了。"

揣着满肚子的悲伤和恐惧，小强开始紧跟着母亲，哪怕是夜晚也不敢有一丝懈怠，几天过去了，幸好母亲并没有做出什么要寻死的样子，譬如说买农药、找绳子之类的。但是母亲似乎开始恍恍惚惚的了，白天干活的时候，一会儿拿错了工具，一会儿锄头又磕着了脚。下午太阳下山，母亲回到家，就坐在堂屋外面的檐坎上，望着里面空荡荡的墙壁发呆，要呆好一会儿，才猛然醒悟似的慌慌地站起来做饭。小强心疼母亲，自己退了学回来帮母亲做事，同时，家里也确实拿不出钱来让他上学了。

连续十多天没睡好觉了，晚上，小强一挨床瞌睡就像潮水一样席卷而来，他拼命撑着眼皮也没用，不到五分钟就打起了呼噜。迷迷糊糊中，他感觉有光从窗外射进来，睁开眼，已是阳光灿灿。他一骨碌爬起来，母亲不见了！他撒开腿朝村外的水库跑去，远远地就看见水库边围着一大堆人，正对着水库指指点点。啊，妈妈！小强一声惊呼，一下从床上坐了起来，原来是一个梦！窗外的月光正斜斜地照进来，照着屋里简陋的小床和空荡荡的米缸。小强不禁打了一个寒噤，伸手一摸，额头和身上全是汗水。

忽然，外面传来轻轻的脚步声，小强急忙倒下睡好。进来的是母亲，悄悄地站在床边，默默地看着小强和弟弟。小强闭着眼，把呼噜打得山响。片刻，母亲湿润、柔软的嘴唇贴上了小强的额头。母亲的嘴唇冰凉冰凉的，说不好她真要去随父亲呢，邻家二狗的电视里这样演过。想到这里，小强就拼命打足了精神，抵抗那可恶的瞌睡。

半晌，母亲替小强和弟弟掖掖被角，推开门走出房间，脚步很轻很轻。妈妈要去找爸爸了！小强一把掀开破棉被，从床上一跃而起。

"妈妈，你不要走！"

"孩子，你怎么起来了？外面这么冷！"母亲脸上挂着泪花、目光惊慌地看着小强，

"妈妈，我知道你想去随爸爸，我就一直没睡。我是您的儿子，保护您是我的责任！"小强用力昂着头，双手紧紧地捏成小拳头，显出一副小男子汉的样子。

啪，母亲手中的包裹掉落到了地上。

"好孩子，妈妈不走，妈妈永远陪着你。"母亲把小强紧紧地抱在怀里，久久没有松开。

# 午 自 习

那年，我大学毕业到一所农村中学任教。

接手的班级学生成绩差得吓人。60名学生，只有三个及格，半数以上是低差。

上第一节课的时候，面对新来的城里老师，孩子们显得兴奋而拘谨。

"同学们，我看了上学期的成绩，大家考得不好。"

孩子们低下了头。

"为了提高成绩，从明天开始，中午1点30分上午自习，家远的同学就在食堂吃饭。我相信通过我们的共同努力，大家的成绩一定会快速上升，超过其他班级、其他学校！"

安静的教室一下沸腾了，孩子们互相急切地交流着，一双双眼睛闪烁出好奇、激动的光芒。

第二天中午，我1点整就到了学校，教室里空无一人。1点30分，来了20名同学。2点20分了，教室里还空着一个座位。我一打听，是全班成绩最差的王红。

"报告。"门口响起一个怯生生的声音，一个瘦瘦的女孩满脸通红地走进来。

"老师，我……"

"不要给我解释，如果你们是这种态度，那么以后没有必要上午自

习！"我强压住心头的怒气，面对这些不思进取的山里孩子，我的满腔热情荡然无存。

放学以后，迟到的孩子陆续来到我的办公室认错。孩子们的纯洁平息了我心中的怨气，我用目光搜寻着王红的身影，然而她一直没来。

午自习终于顺畅地上了起来，孩子们的学习热情十分高，一进教室就拿出书本，从不在外面玩耍，这让我很是欣慰。然而他们却似乎敬畏我，不愿主动和我交流，有了问题也要犹疑很久，才肯拿来问我。只有王红，那个最差的女生，还十分的踊跃。

看来有必要打破与孩子们之间的障碍。"同学们，大家有问题就问，像王红那样多好，我们不仅是师生关系，也可以是朋友呀！"我说。

教室里忽地安静下来，一根针掉在地上都能听见，孩子们都抬起头，拿一种怪怪的眼神看我。

"怎么，有问题吗？"我耸耸肩。

"老师，王红，王红中午没吃饭！"一个女生小声地说。

"什么意思？"我赶紧问。

"王红家很远，又没钱在食堂吃饭，为了上午自习，她，她天天中午都没吃饭！"一个男同学站起来说。

在那一刻，空气似乎凝固了，教室里是60个孩子低低的欷歔声。泪水模糊了我的视线，幻化出一个女孩瘦削、坚毅的脸庞。

# 运 气

"同学们，我们今天玩个新游戏。"体育老师走进课堂，带着他一如既往的灿烂笑容。

"好！"我们正为老天下雨不能出去"放风"而沮丧，听说有新游戏情绪稍微有所改善。

"我们来测测今天谁的运气好，谁的运气不好。"

"运气也能测？您吹牛吧！"我们七嘴八舌，大声质疑。

"我绝不吹牛，只要你们遵守规则，能做到吗？"

"能。"我们齐声应道。

"规则其实很简单，就是你们必须要听从我的安排。"

切，这算什么规则，我们几乎笑出声来。

"好，游戏正式开始。请被念到学号的同学站到台上来。你们知道，我只叫得出你们的名字，却不知道学号，这样才能测运气。5号，17号，19号，26号，42号。"

五个同学怀着兴奋而又忐忑不安的心情站到了讲台上。体育老师随手拿起旁边一位同学的语文课本，翻了翻。"这节课我就帮你们语文老师的忙，你们五位同学就抄写第六单元的生字各一排。"

"哈哈哈哈。"坐在下面的同学幸灾乐祸地笑起来，台上的五个人则苦着脸，沮丧地回到座位。

"下面，我再念几个学号，3号，11号，20号，12号。"四个同学极不情愿地站到了讲台上。

"你们四个分别背诵第15课的1至4段。"

台下再次响起哄笑声，而哄笑的对象是12号王伟，因为15课的第四段好长，足有大半页。王伟郁闷地惨叫："我怎么这么倒霉呀！"

"我再来念最后一批学号，6号，8号，16号，21号，27号，37号，58号，65号，好，完了。"

耶！教室里爆发出欢呼声，没有被念到学号的人都长长地出了一口气。被念到的人则垂头丧气地走上讲台。

"你们8个同学自由组合，下棋、打扑克都可以。"

幸福来得太突然，8个同学都没反应过来，不只他们，全班同学都没反应过来。

"还不快去领棋和扑克。"

"耶！"这次是8个人的欢呼声。

"好，剩下的同学上自习。"

接下来的时间里，教室里呈现出从未有过的"各行其是、几家欢乐几家愁"的景象，下棋、打扑克的同学轻松而愉快地玩着。抄生字和背课文的同学郁闷地写着、背着。其他人则有的看书，有的画画，有的写作业。

下课铃终于响了，王伟还没背完课文！"你中午再到我办公室来接着背吧，"体育老师站起身总结，"同学们，今天给大家玩这个游戏的目的其实很简单，只是想让大家明白，你们将来的生活是丰富多彩的，其中更多的是靠实力和努力，但有时也难免会遭遇运气的考验，如果有一天你们真的在拥有实力和付出努力之后仍未成功，不要灰心，那只是运气在和你捉迷藏而已。"

很多年后，我依然记得那节特殊的体育课，其实当时并不怎么理解老师的那番话，可长大后越来越领悟了它的真谛。坦然接受运气的捉弄，让我轻松走出人生的挫折，迎接成功的曙光。

第二辑

母亲的全部

# 成功的秘诀

在一次联谊活动中，一位腿有残疾的企业家引起了大家的兴趣，据说他只有初中学历，十多岁时就成了孤儿，靠着捡破烂起家，最终创立了本市有名的何氏集团。在座的人都想听听企业家亲口讲讲他非凡的创业经历。几杯酒下肚之后，他说，其实创业经历并不重要，重要的是我有成功的秘诀，我愿意今天拿出来与大家分享。

那一年，他十六岁，企业家说，他是一个非常叛逆和糟糕的孩子。因为是单亲家庭，母亲既要照顾他，又要挣钱养家，常常两者不能兼顾。终于有一天，他独自在家门口玩耍，不小心从高坎上摔下来，落下终身残疾。

他的生活注定与快乐无缘，虽然母亲对他百般呵护，旁人的歧视，前途的渺茫，仍让他痛苦不堪，自卑像一条毒蛇紧紧缠绕着他，他甚至怨恨母亲，不该把自己带到这个世界。因为这个，他从小就和母亲作对，不完成作业、逃学、上网、和同学打架……

有一天，母亲让他到隔壁王师傅家学电器修理，他偏要跑到公园里一个人发呆。

正午的阳光将他的影子缩到最短，公园里的人渐渐稀少，他叹口气，拿起拐杖。

推开家门，母亲正坐在窗下织毛衣。"回来啦，自己做饭去。"母亲说。

他有些诧异，从来母亲都是做好了饭菜等着他的。

"你病了吗？"他冷冷地说。

"我没病。"母亲抬起头，盯着他，"你都这么大了，难道就不应该学会自己做饭？我侍候了你十六年，还要侍候你一辈子吗？"

他的心一凛，母亲已经开始烦他了，他知道早晚会有这么一天，只是没想到这一天来得这么快。

"我不饿。"他赌气进了自己的卧室，躺在床上。

一下午，他的肚里如擂鼓。

晚上，他走出房间，母亲正在吃面条。

"不知道你什么时候醒，所以我只煮了一碗，面在冰箱里，自己去煮。"母亲说。

他的心一下跌入冰窖，母亲竟然不煮他的一份。

煮就煮，他走进厨房。母亲的声音在身后响起："水开了再下面条，然后等水开五六分钟就行了。"

的确，他不会煮面，也不会做其他家务事，从小到大，所有的活都是母亲一人做。

第二天，母亲依然没有做他的饭，他终于愤怒了，拖着残腿来到书店，买回了几本菜谱，他不信没有母亲自己就活不下去。

他终于炒出了生平第一盘菜，他把它重重地放在桌子上。听到响声，母亲只是抬了抬头。

几天后，母亲把二百元钱交到他手上："这是你一个月的生活费，我这段时间要出差，你自己照顾自己。"母亲说完，提起包决绝地走了。

他接过钱，转头，泪已经在眼眶里打转。

以前，母亲哪怕有事离开一天，都会万般不舍，提前给他安排好一切。

他开始出入菜市场、超市，扛着米、提着油艰难地爬六楼。其实楼下小卖部的阿姨主动说要帮他送到家，他却拒绝了，他要让母亲看看，没有她，他照样能活下去。

一个月终于过去了，虽然过程艰难，但是他惊喜地发现自己学会了

很多，炒菜、做饭、买东西、与人沟通……原来很多事情并不像想象中那么难，自己也不是一无是处，自信在他心里悄悄生长。

那天，他早早做好了饭菜等着母亲归来。母亲一定会以为他的生活一团糟，他想象着母亲的惊愕，心里充满着胜利者的喜悦。

可是当母亲推开门时，他却愣住了，一个月不见，母亲瘦了很多，两颊深深地陷了进去。他的心忽然一酸，很想上前给她接住包，最终却没有动。

看着桌子上丰盛的午餐，母亲露出了满意和赞赏的笑容。

这是他为母亲做的第一顿饭，也是最后一顿饭。几天后，母亲竟永远地离开了他。

在清理母亲的遗物时，他发现了母亲留给自己的信。原来，早在两个月前，母亲就已经知道自己患上了癌症晚期，将不久于人世。

孩子，用这样的方式让你学会自立，是妈妈不得已的选择，母亲在信中说，也许你一直认为妈妈带你来到这个世间是个错误，但是妈妈希望你能明白，不管是不是错误，人生没有如果，只有直面现实，勇敢地走下去，你才能找到自信和生活的乐趣。妈妈不能再爱你了，从今后，你要自己爱自己！

企业家的故事讲完了，包厢里静悄悄的，每个人都在体会着他成功的秘诀。

# 母亲节的礼物

她拖着疲惫的身体回到家时，儿子正在写作业。"妈妈，您回来啦！"小家伙放下手中的笔，蹦跳着过来抱住她的腰，同时昂起小小的

头，望着她的脸，"我等你好久了哟！"儿子清澈的眼睛里带着一丝委屈和伤心。

如果是以前，她一定会抱起儿子，亲亲他的脸颊，可是今天她没有，"做作业去吧，妈妈很累了。"她解开儿子环抱着的手。

"不嘛，我还想再抱抱你。"儿子顽皮地双手合拢，而且抱得更紧。

"快点去做作业，我今天很烦！"她的声音一下提高了八度，儿子惊恐地松开手，悻悻地走了。

她发觉自己有些失态，怎么能这样粗暴地对待这么幼小的孩子呢，他一定受惊了！她叹口气，终是没有开口安慰。

放下提包，将自己重重地丢在已经塌陷变形的沙发上，她感觉全身的酸痛稍微得到了一些缓解，心里的烦躁和焦虑却愈加的清晰和浓烈。一整天，她马不停蹄地跑了十多个地方，却一份产品也没卖出去。快下班时，她返回公司，被主管叫进了办公室。

"你这个月的销售业绩全公司倒数第一，请解释！"女主管美丽的脸上挂着冰霜。

她没法解释，这个月儿子发烧三次，她就请了三次假，耽搁了十天，销售业绩不差才怪。

"你看看你的样子，年纪轻轻，灰头土脸，客户怎么会买你的产品，简直是玷污公司的形象！作为女人，你就不能把自己收拾得光鲜点！"女主管的眼睛里写满挑剔和刻薄，"下个月业绩如果还这样，我们就考虑换人！"

她心头一阵苦笑，说得轻松，谁不想打扮得漂漂亮亮，让别人看着舒服自己也舒坦，可那不是张张嘴就能办到的事，自己独身一人带个孩子，能将就着把日子过下去已经不错了，哪还有资格追求美！

墙上的时钟敲响七点，她挣扎着起身来到厨房。

吃完饭，洗漱完毕已经快九点了。"小乖乖，快去睡觉吧，明天还要早起。"她催促正对着电视屏幕上倒霉的灰太狼傻笑的儿子。

"好嘞！"儿子一跃而起，扑过来，亲亲她的脸颊，"妈妈，您也

早点睡吧！"

"我背完这两页就睡。"她靠在沙发上，手里拿着公司推销的新产品的说明书，点点头。

好容易背了个大概，她放下说明书，忽然想起这阵忙，衣服已经积起一大堆了，再不洗怕是要长霉了，只得起身抱出衣服，泡在洗衣盆里，慢慢搓洗起来。

"妈妈，您还没睡吗？"儿子在那边响亮地喊，清脆的童音就像山间黄鹂的歌唱，没有一丝朦胧和倦意。

"还没有，我洗完衣服再睡，你不要说话了，快点睡觉。"

夜色已深，外面一片浓浓的黑暗，把盥洗间晕黄的灯光映衬得分外孤独。她坐直身子，反转手臂，轻轻敲打着似乎快要断掉了的腰。

咚咚咚，脚步声响起，儿子跑过来上厕所。

"妈妈，您早点休息，明天再洗嘛。"儿子有些着急地望着她。

"这么晚了还跑来跑去，"她有些生气，"明天早上又睡不醒，迟到了怎么办！"

儿子飞快地跑回了卧室。

半小时后，她端着清洗甩干后的衣服轻手轻脚地来到儿子的卧室，阳台就在卧室外边。儿子紧闭着双眼，没有鼾声，不知道是真的睡着了还是在装睡。

晾完衣服，全身疲惫的她竟没有一丝睡意。"下个月如果还这样，我们就换人！"女主管冰冷的声音在耳边响起，她长长地叹了口气，悲哀和无助像两块石头，重重地压在心底。索性看看书，催催瞌睡，她拿起床头的一本散文集，散漫地读了起来。

门外传来轻微的脚步声，她看看手机，已经十一点二十八分了。卧室门被轻轻推开了，"妈妈，您还不睡吗？快点睡吧！"儿子打着哈欠，疲倦的眼神里带着急切，几乎是在恳求了。

"我睡不睡关你什么事，这么晚了你还不睡，想把我气死吗？"她再也压抑不住心中的怒火，声色俱厉地对儿子大声吼道。

晶莹的泪水瞬间涌上儿子的眼眶，滑过嫩白的脸颊。

儿子垂着头伤心地走了。不一会儿，隔壁传来轻微的鼾声。

烦乱的思绪终于慢慢平复，睡意袭来。她合上书，将放在枕头上的凉被抱开。

枕头上赫然躺着一张卡片！

她打开卡片，上面是儿子稚嫩的笔迹：

妈妈：

祝您母亲节快乐！

您永远都是我最漂亮、勇敢、能干的好妈妈！

原来今天是母亲节，她的泪水忍不住轻轻滑落。同时，一种温暖和力量悄悄溢满胸膛。

# 神 秘 顾 客

已经是最后一天了，李强焦虑不安地看着外面来来往往的人群，迫切希望有人进来做单生意，哪怕是买一个小灯泡也好。

高考落榜后，李强当过车间工人，跑过销售，也倒腾过服装，却没有一次能做成，有一回还差点掉进传销的陷阱。对于未来，李强失去了信心，父母却一再地宽容他、鼓励他，并拿出老本，资助他开了这间"灯光灿烂"灯具店。

对小店，李强投入了前所未有的热情，他在灯具厂当过工人，对这个行业有一定的了解，又专门跑省城、跑市区，经过一番仔细认真的市场调查后，决定把目标定位在中高档灯具上，小城这几年发展不错，居民应该消费得起。城里现有的灯具店卖的货虽然便宜，但款式太落伍，质量也差。

可是事与愿违，开业快一个月了，还没有卖出一样东西，居民们普遍不能接受与其他店相差太远的价格。李强不得不重新审视自己的定位，也许从一开始就是错的。与其这样拖着浪费房租水电，不如早点结束，可放弃意味着又一个失败，在极度矛盾中他决定，只要这个月做成一笔生意，他就一直坚持下去，直到成功。

时钟指向了六点，正是冬天，天黑得早，街上冷冷清清，附近的店铺都已关门。先后有三个人来过店里，不是嫌价格贵了就是嫌不好看，对于卖出东西，李强已不抱希望。他沮丧地坐在板凳上，对自己、对前途心灰意冷。

天越来越黑了，李强绝望地叹口气，收拾好东西拉下卷帘门。

"别关，别关。"一个五十多岁的男子气喘吁吁地跑了过来。

李强木然地打开门，开亮灯，任由男子参观。

"找到了，找到了！"男子高兴地说。

"先生，您找到了什么？"

"这个灯我在上海的大商场里见过，"男子指着一款时尚大气的水晶吊灯说，"很大气，也很漂亮，城里我找遍了，终于在你这儿找到了，多少钱？"

"一千二百元。"为了做成生意，李强主动降价优惠。

"行。"男子爽快地交了钱，"你这个店里的东西不错，虽然价格贵点，但品质好，多宣传宣传，促促销，一定会生意兴隆的。"

"谢谢！谢谢！"

良言一句三冬暖，手捧着第一笔生意的钱，李强特别激动，自信、热情和力量又重新回到了他的胸膛。

转眼十年过去了，李强的"灯光灿烂"灯具店规模已经扩展到了原来的五六倍，还在相邻的两个城市开了连锁店。十周年店庆的时候，李强把第一单生意的故事讲给父母听，"没有那位大叔，我的生意就夭折了，更不会有现在的成绩，"李强说，"到现在我都挺怀念他的，他是个好人，更是我最好的顾客。"

听了李强的一番话，母亲突然哈哈大笑起来，而父亲却一脸尴尬。

"你最好的顾客，其实就是你父亲！"母亲正色说道，"当年他知道你没耐性，所以专门买了两包红梅给同事，请他来给你开张，你的水晶灯，至今还锁在我们卧室的大柜子里呢！"

# 那一年的风雨

　　大学毕业证拿到手的那一刻，他是有些惶惑的，自己的学生时代真的就这样结束了？但随即这惶惑便被豪情万丈所代替：工作，挣钱，买车，买房，实现自己所有的人生理想。他感觉一条光明而充满乐趣的道路正在眼前铺开。

　　可是，很快，他的豪情便被打击得七零八落。参加了二十多场招聘会，没一家单位看上自己。甚至，连个面试的机会都没给。他看中的都是一些大企业，进了世界多少多少强那种。可是，应聘这类企业的人多如牛毛，他被淹没在硕士、博士里，就像大海中最不起眼的一滴水珠。

　　一转眼，两个月过去了，口袋里的钱只剩下二十三元八角。他不得不拿起电话。

　　儿子，工作找得怎么样了？母亲在那头问。

　　还没找到合适的。妈，我没钱了，您给我卡里再存点吧。等找到工作了，再还您。父亲早逝，是母亲一人拉扯自己长大，他心里多多少少有点愧疚。

　　好吧，照顾好自己。母亲挂了电话。

　　一晃，又是两月，他不得不将目标下移。这一次有了效果，他进了一家广告公司。虽然公司不大，但广告策划，好歹也算是个白领吧。他想。

上班第一天，主管递给他一摞宣传单，你去把这个发了。

在哪里？他问。

主管怪怪地看他一眼，当然是街上。

热浪滚滚的街头，他有些局促地站着。站了好一会儿，才伸出手，向路过的人递着宣传单。有的人接过去了，但马上扔进垃圾桶。有的任凭他手伸得多累，就是不接。

骄阳炙烤，汗水流遍全身，嗓子干得冒烟。而且，他分明能感受到人们鄙视的目光。

干了三天，他把剩下的宣传单送给了旁边捡垃圾的老人。

第二个工作是电脑维护。说是电脑维护，其实就是一个打杂的。每天坐在电脑前的时间不超过两小时。小赵，你去送个材料，科长说。他站起身，屁颠屁颠去了。小赵，你去给客人倒杯饮料。是副科长，他站起身，去了。小赵，你去给我买包花生。是坐对面的刘姐。他咬咬牙，还是去了。

实习期还没过，他辞了职。他讨厌这种没有尊严的上班。

就这样做做歇歇，歇歇做做。他越来越讨厌上班，有时候干脆就待在租住的小屋里打游戏。只有打游戏，才能让他忘记烦恼，找回自信。

他一次次地给母亲打电话。母亲一次次地在电话里问他工作的事。

别问了，烦。他说。

要不然你回来？母亲犹豫着说。

不。他挂了电话。

他不想离开这座城市，习惯了这里的繁华，他不想再去面对家乡小城的落后、单调，也不想看到邻居们异样的目光。

过年了，在母亲的一再催促下，他回到了小城，回到了那个局促、简陋的家。母亲站在门口迎他。儿子，你回来啦！母亲脸色苍白，比以前更加瘦弱，脸上挂着有些凄然的笑。他的鼻子一酸，用力转转眼珠，没让泪水掉下来。

春节里，他既不出门闲逛，也不随母亲走亲戚，整日窝在自己的小屋中上网打游戏。母亲劝了几回没法，只得任由他去。

母亲哪里懂得他的苦恼，他想，老天不公，给他的路只有坎坷、泥泞，前途一片漆黑，他很茫然，也很无奈。

打了一上午游戏，他的肚子开始叫唤了。母亲还没回来，厨房里有菜，可是他不想弄。摸摸荷包，包里只有两张一元的。

他走进母亲房间，打开放钱的抽屉，里面除了户口簿啥的几个本，其他啥都没有，他不死心，又一个一个打开来看。翻到最下面母亲的结婚证，里面夹着一个红色的小本。本子上三个黑色的字闯入他的眼帘：献血证。

他的手忽然有些哆嗦，笨手笨脚地打开本子。本子上记录着母亲的四次"献血"，每次400毫升。

他的眼睛有些迷糊，擦干泪水，母亲已经站在他身旁。看着他手里的小本，母亲有些尴尬：那是在你刚上大学那会儿，有几次实在没法……不过，都过去了。母亲拍拍他的肩。

妈，他抱住母亲，像个孩子似的大哭起来。

春节过完，他坐上了回那座城市的车。不管接下来的路多累多苦，我一定要靠自己坚持下去。他想。

# 母亲的全部

"再来一杯！"杰克把口袋里最后的五十美元扔到柜台上，然后接过服务员递来的威士忌一饮而尽。

摇摇晃晃走出酒吧大门，迎面一阵风吹来，杰克不禁打了个寒战，人倒霉连老天爷也来欺负，想到自己就要在这阴沉晦涩的天气里走向另一个世界，杰克心里一阵悲哀。公司倒闭，朋友背叛，妻子离弃，一连

串的打击让杰克丧失了活下去的勇气。

前方有一个老妇人，一只手提着个篮子，另一只手拎着个大麻袋，弓着腰吃力地走着。

在生命的最后时刻做件好事也不错，说不定上帝会因此让自己上天堂，杰克自嘲地想。"我帮您提吧。"杰克上前对老人说道。

"谢谢，您真是个好孩子。"老人高兴地说。虽然这叫法让杰克有些别扭，但同样让他有种甜蜜与温暖的感觉。

"您口袋里装的什么呀，还挺沉的。"杰克问道。

"马铃薯、南瓜、玉米、西红柿，还有葡萄，全是我种的。"老人一脸自豪。

"哦，您真厉害。那您这是去哪儿？"

"去看我的一个儿子。"

"应该让他来接您呀。"杰克说。

"他来不了，每次都是我去看他。"老人快活地说，一点儿没有生气的样子。

从老人絮絮叨叨的叙述中，杰克知道，老人已经三个月没见到儿子了，因为这三个月正是地里最忙的时候，老人种了十几亩地，还有一大片葡萄园，托上帝的福，全都丰收了，所以老人特意带上这些新鲜东西让儿子看看、尝尝。

"他最喜欢吃我炸的马铃薯了，每次吃都特别高兴，你也尝尝。"老人微笑着，从篮子里夹起一个送进杰克嘴里。

"真香！"杰克由衷赞叹道，马铃薯的香味和母亲做的差不多，想到远方的母亲，杰克心里一阵绞痛。

"您那么爱您的儿子，为什么不和他生活在一起？"杰克问。

"他太忙了，经常在各个国家飞来飞去，总有那么多的事需要他处理，当他拖着疲惫的身体回到家看到我这个老婆子只会让他更愧疚，所以我老婆子就一个人住在乡下，反正我又不懒，能自己养活自己。不过现在好了，他总算不忙了，我想什么时候去看他都可以，还可以给他带好吃的。"老人絮絮地说。

从老人的描述中，杰克仿佛看到了从前的自己，整天追名逐利，忙忙碌碌，却忽略了远方有一位老人在日夜牵挂着自己，可如今自己只会让母亲难过和蒙羞。杰克从心底里羡慕和祝福这对可以时时见面的幸福母子。

夜色渐渐降临，前面是一片墓地，老人没有绕行，而是径直朝里面走去。或许她想顺道拜祭一下亲人，杰克想。

走到最里面的一块墓碑旁，老人停住了脚步，然后打开篮子，将里面的菜一个个端出来，轻轻地放在墓前。"孩子，我今天又做了你喜欢的马铃薯，快尝尝。还有，妈妈今年种的东西都丰收了。你看看，妈妈多厉害呀！"老人边说边从口袋里把东西拿出来一一摆好。"三个月没见了，妈妈今天一定好好陪陪你。"老人缓缓抚摸着墓碑上的照片，无限慈爱地说。

眼前的情景让本已麻木的杰克瞬间清醒，惊愕、感动之余他觉得自己忽然有了活下去的勇气和欲望，他甚至希望下一秒就能飞到母亲身旁，细数母亲的白发，向母亲倾诉自己的烦恼、忧伤。因为这一刻他明白了，母亲或许只是他生命的一部分，而他不管成功与否，健康与否，甚至活着与否，都永远是母亲生命的全部。

# 好 爸 爸

中午11点，冷风飕飕地吹着，破旧的站牌下面站满了人。今天是腊月三十，人们聚集在这儿，准备着乘坐郊外车回农村老家，和父母一起过一个团团圆圆、热热闹闹的年。祥子领着六岁的儿子站在人群边上。

今天的车特别的稀，祥子早上9点就已经候在这儿了。前面过去了

两班，人爆满，祥子怕挤坏儿子，没敢上。其实他也猜到了在中途乘车肯定拥挤，但是又舍不得花两块钱坐到起点站去。下一辆车来了一定要上，祥子想，不然就赶不上爸妈的午饭了。

"爸爸，我口渴想喝饮料！"儿子抿着干裂的嘴唇，痴痴地望着小摊上的百事可乐。"不行。"祥子断然说道。"我就要喝，就要喝！"一向懂事的儿子今天偏不听话，开始要赖，声音里带着哭腔。"出门就想买东西，不行！"祥子大声呵斥道。小摊老板用异样的眼神瞅着祥子，祥子赶紧把儿子拖开了。

不是祥子不爱儿子，妻子跟别人跑后，儿子可是他唯一的宝贝，对他来说，没有什么比儿子更重要了。只是他手有残疾，没有正式工作，平时靠捡垃圾为生，哪有钱给儿子买那种奢侈品。

终于，远远地开过来了一辆车，人群骚动起来，纷纷伸长脖子睁大眼睛看线路牌。那辆车却像得了病的老头儿，蹒跚着，半天开不过来。好不容易开近了，正是祥子要坐的车。天哪，这辆车上的人竟比前两辆车还多，人挨人，人挤人，几乎看不见什么空隙。车门"咣"的一声打开，人群像潮水一般涌过去。祥子早已做好了准备，抱起儿子三步两步冲到最前面，第一个上了车。

车上本来已经人满为患，又塞进了十来个人，更加让人透不过气来。祥子有些担心，儿子向来晕车，今天又没有座位，怕他会吐。他牵着儿子的小手往里面挤。"挤啥子，没得位置了。"一个脸上长着络腮胡的男人吼道。

"小朋友，坐这儿来吧。"身旁一个二十多岁穿着时髦的姑娘笑眯眯地站了起来。"谢谢。"祥子感激地说。

姑娘手上挎着一个精巧的小包，不知是有心还是无意，小包的拉链拉开了。露出一小沓红色的百元大钞。祥子的目光不自觉地落到了钞票上，一颗心顿时"咚咚"打起鼓来。

马上就要见父母了，可自己却两手空空，兄弟们一定会笑话自己，只要一两张，就可以买点东西，避免被耻笑，祥子想。但是她刚刚为儿子让了座，这样做是不是有些不地道？他犹疑不定。

车子缓慢地向前行驶着，姑娘手上的小包不时地摩擦着祥子的手臂，擦得祥子的心里七上八下。想到一会儿父母失望的表情和兄弟们蔑视的眼神，祥子横下心，他紧张地朝四周瞅瞅，没人注意自己，儿子正在眯着眼睛睡觉。祥子的右手一点一点地滑进女人的小包，三根手指轻轻地夹起两张钞票。

"爸爸。"儿子忽然轻声叫道，祥子的手一抖，急忙缩了回来。儿子不知什么时候醒了，一双大眼睛一眨不眨地盯着祥子。"我不喝饮料了。"儿子说。

"哦，幺儿乖。"祥子急忙说。一张脸涨得通红。

第一次干这种事竟让儿子看到了，祥子心里无比的后悔，恨不得抽自己两耳光。自己这一辈子算是毁了，可儿子不能毁，他还指望着儿子上高中考大学堂堂正正做人呢。

汽车一路缓慢地前行着，已经快到十二点了，车厢里闹嚷嚷的，人们纷纷抱怨车速太慢，怕赶不上吃午饭。

终于到站了，祥子鼓起勇气，用手碰碰身边的姑娘："姑娘，你的包没拉好。"

"谢谢大哥。大哥慢走。"姑娘拉好拉链，高兴地冲祥子挥着手。

祥子牵着儿子的手下了车。他长长地舒了一口气。

"你是一个好爸爸。"儿子冲着祥子竖起了大拇指，一双眼睛清澈晶莹。

"过年了！"父子俩欢快地朝老家跑去。

# "爱情"的魔力

燕儿喜欢上了本班男生林炫，可林炫从没拿正眼瞧过她，也难怪，林炫人帅气，成绩又好，而燕儿既没有出众的美貌，也没有出色的成绩，相反却有不少毛病，爱玩，爱上网，不好好学习，让父母伤透了脑筋。

燕儿从同学那儿弄来林炫的照片，存在电脑里，没事儿就偷偷欣赏。这天，她正对着林炫的照片发呆，QQ信息提示，一个网名叫"大漠流沙"的人想加她为好友，燕儿正想拒绝，验证信息里四个字抓住了她的眼球：我是林炫。燕儿控制住紧张的心情，急忙点了同意。

"黑山小妖（燕儿），你好！"对话框立即弹了出来。

"你好！"燕儿几乎是颤抖着手敲下了这两个字。

"你怎么知道我的号码？"燕儿问。

"想知道自然就有办法知道，"林炫说，"你是一个很可爱的女孩，我们可以做朋友吗？"

幸福来得太突然，燕儿感觉像做梦一样。"我们不已经是朋友了吗？"燕儿回道。

"嘿嘿！"对方回了一个笑脸，"不过这事儿要保密，我怕同学们知道了不好。"

"行。"燕儿满口答应。

"今天就聊到这儿吧，我要去复习功课了，过两周英语考试，我希望能进前五名，你也去学习吧！"林炫说。

聊天结束，燕儿没有像往常一样去听音乐，而是甜蜜地拿起了英语书，"你也去学习吧"，这句话像有魔力一样，指挥着燕儿背完了一个单元的单词。

此后，两人便时不时地在QQ上聊天，燕儿惊奇地发现，林炫不仅

幽默风趣，而且知识丰富，见解深刻，这让燕儿不禁有些自惭。每次林炫最多聊十分钟，过了时间就下线做功课去了。为了与心爱的人"匹配"，燕儿也开始主动"亲近"课本。看到女儿的变化，父母十分开心，一个劲儿表扬燕儿"终于懂事了"，燕儿心里暗乐：爸爸妈妈哪里知道，这是爱情的魔力！

英语考试燕儿考了78分，这可是前所未有的高分，燕儿欣喜不已，母亲也特意奖励她一条红裙子。晚上做完作业，燕儿立即守候在电脑前。

"燕儿，考得不错，祝贺你！"林炫说。

"你考得更好呀，进了前五名，也祝贺你！"

"加油！"

"加油！"

得到了心中偶像的表扬，燕儿更加勤奋。

在学校，燕儿忍不住还是会偷偷看林炫，可林炫依旧一副目不斜视的样子，"装得还挺像。"燕儿窃笑。

"你干吗总板着个脸？让人家多不舒服啊！"有一天在QQ上燕儿忍不住问道。

"还不是怕别人说是非。你也知道，你成绩不好，我怕我们的关系公开了别人笑话我。"林炫说。

燕儿的脸上顿时火辣辣的，像被人掌了耳光一样。

"那怎么办？难道我们要永远不理不睬吗？"燕儿觉得挺委屈。

"等你成绩进入了班上前十名，我们就公开恋情。"

"一言为定！"

"一言为定！"

"妈，我要请家教。"燕儿对晚归的母亲说道。母亲的脸上立刻写满激动："好！好！"

每天定时的家教辅导，让燕儿感觉从来没有过的累，也从来没有过的充实，以前那些困扰自己的难题现在都迎刃而解，课堂上老师讲的内容也变得十分好懂，而且第一次她发现，学习知识，探索问题原来竟是

一件非常快乐的事情。有时学到很晚，没有时间上网，她也不介意。

转眼一学期的时间过去了，燕儿的学习成绩突飞猛进，果真考了第十名，而林炫却只考了第十五名，听同学说他好像和二班的一名女生在谈恋爱，燕儿才猛然发觉，原来好久都没有和他聊天，也没有去关注他的消息了。

晚上，燕儿打开电脑，虽然心里已不是很在意林炫，可她还是想问问他传言是不是真的，他是否还记得他们之前的约定。

没想到这一次林炫主动约她见面了："你出来吧，我在你家门前的大桥上等你。"

燕儿和父亲扯了个谎，出了家门。正是严冬，公路上静悄悄的，刮着寒风，燕儿紧了紧围巾。

昏黄的路灯下，一个熟悉的身影在大桥上徘徊，不时抬起头向这边张望。

"妈妈！"燕儿飞快地跑过去，"您不是加班吗？怎么在这里？"

"黑山小妖，你好啊。"母亲笑着说。

"妈妈！亲爱的妈妈！……"燕儿控制不住自己的眼泪，一头扑进母亲怀里。

# 八 爷 爷

八爷爷是我们家族中辈分最高的人。七十六岁了，依然身体硬朗，头脑清晰，而比他小的九爷爷、十爷爷都已经去世多年了。村里人都说，真应了那句话，祸害遗千年。

说八爷爷是祸害也不算冤枉他，打人，骂人，偷东西，骗人钱财，

什么坏事八爷爷没干过？唯一没干过的是好事、正事。不仅如此，八爷爷还打老婆，每次八爷爷喝了酒，屋里就会传出八奶奶杀猪般的号叫。

年轻时的八爷爷不是这个样，大伯告诉我，都是被你祖爷爷、祖奶奶害的，大伯摇着头叹息。他只比八爷爷小两岁，什么都知道。

听大伯说，我们家原是一个盐商家族，祖上传下来两口盐井，请着几十个工人，非常富有。八爷爷十八九岁时，还过着有书童侍候的少爷生活，在一所高中读书，八爷爷的理想是当一名建筑设计师，出国留学，将来报效国家。那时的他温文尔雅，风度翩翩，又博学多才，深得班上女孩子的喜爱。其中有一个叫凤云的姑娘长得十分漂亮，又会弹琴作诗。一来二去，两人便偷偷好上了，发誓相守终生。

这件事被多嘴的九爷爷知道了，告诉了父母，也就是我的祖爷爷、祖奶奶。他们十分生气，认为凤云作为一个姑娘家，读书已是大错，勾引男人更是道德败坏，又兼一不会种地，二不会针织，拿来全无用处，死活逼着八爷爷同她分手，八爷爷不同意，祖奶奶又闹到学校，当面羞辱凤云。凤云羞愧难当，当即回家喝下毒药，幸得家人发现，逃过一死，很快便消失了踪迹，据说是远嫁他乡。

受此打击，八爷爷一蹶不振，任凭祖爷爷怎样威逼利诱，都不肯再去读书。

到了结婚的年龄，媒人踏破了门槛，周围十里八村的姑娘介绍了几十个，八爷爷没一个看得上眼。最后祖爷爷祖奶奶强行为他定下一门亲事，是当地一个大地主的女儿。结婚当天，花轿进门，大家却发现新郎跑了，亲戚朋友和全村人找了两小时，最后在村外甘蔗林遮掩着的一个山洞里找到了八爷爷。他正抱着酒瓶又哭又笑！

结婚后的八爷爷像变了个人似的，整日里打牌、喝酒，游手好闲。十几年后时局变化，家道中落，八爷爷的日子也越发艰难。为了糊口，懒散惯了的八爷爷学会了偷东西，偷菜偷米偷钱包，什么都偷。被人现场抓住，八爷爷不但不跑，还和人家对骂，骂不赢就摸刀子，吓得对方拔腿就跑。

渐渐的，周围方圆十里，没人敢惹八爷爷，都当瞎眼瞎，任由他欺

负。最惨的要数九爷爷，八爷爷拿他家当自己家，买床毛毯，藏在旮旯里，还没盖，被八爷爷翻走了；买个电视，刚看三天，也搬走了。气得九奶奶直哭。九爷爷只得安慰她：搬走就搬走吧，等他过过新再要回来，你要不给，还不是给摔了。

有其父必有其子，八爷爷唯一的儿子也是好吃懒做，飞扬跋扈，三十多岁才讨到了老婆。

八爷爷的孙子小伟十八岁，人长得帅气，又聪明，却不学好，经常跟别人打架，前段时间因为祸害了一个女孩被警方通缉逃跑了，至今下落不明。

新年的第一天，八爷爷家里来了两个人，一个是警察，另一位是个拄着拐杖、满头银发的老婆婆。

老婆婆说被害的是她的干闺女，她无论如何也要找到凶手，告慰闺女的在天之灵。老婆婆还说她一辈子没嫁人，活在异乡，只在老年时收养了这个苦命的女儿。

第二天，警察依据八爷爷提供的线索抓到了小伟。当天夜里，身体一直硬朗的八爷爷突然离开了人世，走时，面带笑容。

# 成　　长

那一年，我十三岁，父亲早在我五岁时就死了，老师喋喋不休的教诲和母亲的絮絮叨叨令我十分厌烦。不就是上课飞了纸飞机、考试成绩差了点，至于吗？一天到晚嘴巴都落在我身上，好像我是什么十恶不赦的坏人。

背起书包左摇右摆地晃到了学校，刚要进校门，我突然想起昨晚上

的作业还没做呢，那个戴着高度近视眼镜的滑稽老头怕又要罚我站墙壁了。算了，与其送上门去挨罚，还不如出去转转呢，反正我的兄弟们也正盼着我去。想到这儿，我拔脚就朝小树林跑去。

天空瓦蓝瓦蓝的，几只小鸟欢快地从我头顶上飞过，翠绿的禾苗随风轻舞，不知名的野花星星点点，五颜六色，装扮着原野。看来我的选择是对的，大自然远比课堂有趣多了。

走过一片玉米地，我停下来掰了六个大玉米，待会儿好在小树林里烧来吃，味道可香了。这是我和兄们这段时间每次聚会的必修课，有什么办法呢？他们饿啊！兄弟中二牛、小虎是流浪儿，小勇、小兵、黑子都是父母外出打工，被寄养在亲戚家，跟着亲戚也没啥意思，所以也经常逃课在外面流浪。我是他们的大哥，自然不能让他们饿肚子。那一片小树林是我们在半年前的一次闲逛中发现的，既能遮风挡雨，又人迹罕至，实在是一个理想的所在，所以我们就驻扎了下来，饿了偷点地里的粮食，渴了喝溪水，倒也逍遥自在。

翻过一座山，远远地就瞧见了那片树林，树林外边有几个黑点，是兄弟们。咦，他们怎么知道我这会儿会来，全站在那儿迎接我？

"大哥，你可来了！"二牛迎上来，他的额头上有个大包，像顶着一盏探照灯。再细一瞧，黑子的胳膊上有血痕，小勇的膝盖也破了，一个个灰头土脸。

"出了什么事？"我问。

"昨天不知从哪儿窜出来一群野小子，霸占了我们的地盘不说，还把我们几个打成这样！"二牛说。

"他们一共有几个人？"

"六个，最大的那个有十五六岁，现在他们正在树林里横呢！大哥，硬拼我们可能不行。"

"你们在这儿等着我。"我顿时热血沸腾，转身迈开大步朝家里走去。

回到家，母亲竟躺在床上，奇怪了，她老人家是一向厌恶大白天在床上睡懒觉的。不过我也没时间多想，兄弟们正等着我雪耻呢，我告诉

她自己回来拿作业本，便偷偷裹着一把菜刀出了门。

结局是惨烈的，我挥舞着刀刚一冲上去，便被对方缴了械，二牛他们几个吓得撒腿就跑。我赤手空拳和敌人拼命，被对方一刀砍在了屁股上，血"刺"的一下喷了出来，我昏了过去。

醒来时已经是三天后的晚上了，是二牛他们把我背回了家，冲这点，我原谅了他们之前的临阵脱逃。妈妈又请来了村上的医生为我止血、包扎伤口。当然，这些是我后来才知道的。

我是被一阵抽抽噎噎的哭泣声吵醒的，彼时我正在做梦，梦里我忽忽悠悠地飘向一个洁白的国度，应该是天国吧！

哭泣的是我妈，边哭边念叨："超娃儿哪，你快点醒嘛！你要是不醒，妈怎么活呀！"

我想睁开眼安慰一下妈，但是眼皮很重，喉咙也生疼。

"别哭了，大嫂子，人各有命，就看他的造化了。"说话的是村里的赤脚医生李大叔，我虽然挨了一刀，但对声音还是分辨得清楚的。

"他如果真要出了意外，我怎么对得起他死去的爹娘呀！"母亲说。

我的心一颤，难道我不是她亲生的？！

"你做得够好了！抚养了他这么些年，自己得了那么重的病，不赶紧着抓药，还要拿钱给他念书。唉，偏生这孩子又不争气，书不好好念，跑去打架，真是辜负了你的养育之恩哪！"

我的眼泪忽然涌了出来，我开始痛恨我自己。后来我才知道，我妈跟我真正的爹妈是亲戚，我一岁那年爹妈得病死了，我妈就把我抱了来，一直抚养，并嘱咐全村的人不许告诉我这事儿。

自从我挨刀子以后，我们的小团体解散了，二牛、小虎不知流浪去了何方，另外三个回到了他们亲戚的家，不敢出来。我知道，只有我是最幸福和幸运的。

我认真上学了，边上学边想法儿挣钱。只要能挣到钱，叫我干多重的体力活我都愿意，我要给我妈治病呢！

# 两个人的秋收

骄阳似火，干裂的稻田里，一老一小两个弓着的身子在一片金黄间蠕动。

"爷爷，我累了。"

"乖孙儿，你先上去吧。"

"爷爷，您也上去。"

"好嘞，我们都上去。"

田边有两窝竹子，撑出巴掌大一块阴凉。一老一小两个身子靠在竹身上，惬意地喝着从古井里摇上来的水。

"爷爷，这水真好喝，冰凉冰凉的。"孩子咂吧着嘴。

"那是因为你渴了，井水有啥好喝的，赶明儿你爸妈回来，让他们带你吃啃得鸡去，那才叫好哩。"

"啃得鸡是啥东西？"

"爷爷也没见过，不过听说好着呢，又贵。"

一阵沉默，爷孙俩都在心中琢磨，这个啃得鸡到底是啥鸡呢，早晚也弄来养养。

"前天你爸妈打电话咋说的，再跟爷爷说说。"

"昨天不是说了吗？"

"爷爷忘了，爷爷记性不好。"

"让您保重身体。让我听您话，好好写作业。他们一切都好，叫我们不要担心。"

"好就行，不担心。"爷爷抽口旱烟。

"还说让您请人打谷子，请人的钱给您打在卡上了。"孩子小小的嘴唇嗫了起来。

"说得轻巧，上哪儿请人呢！"爷爷叹口气。

孩子摸摸脸，爷爷看见了，转过孩子的脸，脸上有一道刚刚被谷草划出的细痕。

"爷爷不好，不该让孙儿跟着我割稻。"爷爷心疼得咧嘴。

"爷爷不怪您，是我自己愿意的。隔壁的二牛不是也帮着他爷爷割稻吗？"

"唉！"

热气一阵阵炙烤着大地，远处树上，蝉发出一声声烦躁的鸣叫。

"爷爷，爸爸妈妈为什么不回来打谷子呀？"

"为了挣钱啊，挣钱供乖孙儿上大学，给乖孙儿买啃得鸡。"

"可我不想吃什么啃得鸡，我想看见他们，我都两年没看见他们了！"有泪珠悄悄爬进孩子清澈的眼。

"……"

"爷爷，您不想他们吗？我知道，您也想。"孩子摇晃着爷爷的胳膊。

"不想！"爷爷重重地吧一口烟，"他们的魂儿都被大城市那些花花绿绿的东西勾住了，咱不想他们。"

城市里有些啥勾人的东西啊，高楼？汽车？花园？啃得鸡？爷孙俩忽然有些迷茫。

"爷爷，您不是会养鸡吗？要不我们也去买只啃得鸡来养？那样爸爸妈妈就不用花钱带我去吃了！"

"行。等谷子卖了爷爷就到镇上打听打听，买几只回来养给我乖孙儿吃！"

"耶！"孩子高兴得叫起来。

一丝风拂过，带来一丝清凉和稻谷的清香，远远近近的田里，稻浪随风起伏。

"乖孙儿，你再歇会儿，爷下去了。"

"爷爷，我跟您一块儿下去。"

骄阳似火，干裂的稻田里，一老一小两个弓着的身子在一片金黄间蠕动。

# 生命的细节

　　正在开会部署公司下个月的工作，手机突然振动起来，拿起一看，是父亲的号码，我赶忙把它掐断，继续讲话。这是我的习惯，开会的时候从来不接听手机，同时我也是这样要求员工的，国有国法，家有家规，一个好的公司也要有严格的组织纪律，才能在残酷的市场竞争中立于不败之地。

　　刚讲了没几分钟，手机又振动起来，还是父亲的号码，再掐，立刻又固执地打过来了，继续掐。手机终于没再响起。

　　不知不觉间，开完会已是六点。我连忙给父亲打过去，却是暂时无法接通，再打，还是不行，一连拨了十多分钟都无效。唉，老家没装座机，手机信号又不好，我不由得叹了口气，心里隐隐有些不安，父亲独自一人在家，该不会有什么事吧？

　　"回去看看吧。"坐在旁边的公司顾问吴老说。

　　"没事儿，老爷子身体棒着呢，这么多年连感冒都没得过，奔六十的人了，挑起一百斤担子来比二十多岁的小伙子跑得都快！可能就是老家亲戚谁要过生请客之类的吧。"我说。

　　"他一连打了三次电话，急着找你，万一真有什么紧急事呢？"

　　"可是我明天还要去上海和客户谈判呀？"虽说这笔生意不算很大，但我还是不忍心放弃。

　　"我给你讲个故事，你再来选择吧。"吴老说。

　　二十年前，吴老住在乡下。一天晚上，读小学的儿子领回了一个女同学。女同学走亲戚，迷了路，碰到了儿子，所以被带回来了。吴老的妻子和他商议把女孩送回家，吴老看电视剧《射雕英雄传》看得正入迷，望了望外面黑沉沉的天说算了吧，明天送回去。妻子不放心说万一人家父母和亲戚找怎么办，吴老说没事，就一晚上，明早送回去不迟，

何况天快要下雨了。第二天天刚亮，妻子就催着吴老一起把女孩送回家。走到她家门口，三人全傻了眼，房顶上白幡高高悬挂，随风飘摆，院坝里站满了人，见到女孩纷纷怒声谴责。原来女孩昨晚因为一件小事被奶奶打了一个耳光，负气出走。女孩是家里的独苗，家人整个晚上冒着雨找遍了亲戚朋友和女孩的女同学家，却没有找到人。父母伤心欲绝，把怒气全撒在女孩奶奶身上。老人又生气又着急，又伤心又惭愧，一时想不开，便喝下了整瓶农药。

"如果那天晚上我不贪恋那片刻的舒适，悲剧就不会发生。有时候，一念之差、一时的懈怠就会造成永远无法弥补的错误。"吴老欷歔着说。

听了吴老的故事，我没有一丝犹豫，直接驱车赶回老家，到家时已是夜里十一点。还没进屋就听见了父亲痛苦的呻吟声，原来父亲上屋顶补瓦，不慎从房顶上摔了下来。我急忙把父亲送到了医院。幸亏来得及时，再晚就要落下残疾了，医生说。

生命中很多细节真的容不得我们去疏忽、去懈怠，看似微不足道的小事往往左右着我们的生活和命运，决定着我们的悲与喜。感谢那个故事，让我想到了就立刻去做，才没有铸成大错。

# 拿什么拯救你，我的孩子

接到儿子打来的电话，母亲顿时泪流满面。

妈，我昨晚上和人打架，把对方头打破了，警察正到处抓我。妈，我好怕！儿子在电话那头抽泣。

母亲的心像遭了一记重锤，硬生生地疼。儿子，你怎么能干这种蠢

事呢？你这个浑蛋！

妈，我也不想的，你给我准备点钱，我晚上回来拿。儿子匆匆地挂断了电话。

时钟已指向8点，夜色渐渐地笼罩了大地，儿子还没有回来。母亲一遍遍地站在窗前，焦急地张望着外面冷清的街道。

终于，门被轻轻打开。儿子闪了进来。钱准备好了吗？快给我！儿子慌慌张张地说。

孩子你放心，我都准备好了，你吃完饭再走吧，我做了你最爱吃的糖醋排骨和红烧肉。母亲说。

好吧。儿子坐上桌，开始狼吞虎咽，不小心一口菜呛在喉咙，立刻剧烈地咳嗽起来。

慢点吃，别噎着，母亲急忙用手轻轻地拍拍儿子的后背，多吃点，以后想吃就难了。母亲眼里闪着泪花。

你昨晚在哪里睡的？看着儿子脏乱的头发和沾满泥土的衣服，母亲问道。

山上的草沟里，我怕警察抓到我。儿子说。

我可怜的孩子，都是妈害了你，你小时候犯错误，如果我能狠下心来打你两巴掌，你也不会变成今天这样！

现在后悔还有什么用，儿子狠狠地说，我吃饱了，你快把家里的钱全给我！我出去躲两年，没事再回来。

别慌，洗个澡换身干净衣服再走吧。母亲说。

万一警察找来了怎么办？

不会的，没那么快。

也许是身上脏得难受，儿子进了卫生间。

看着儿子还十分单薄的背影，母亲紧紧地咬住嘴唇，抑制住哭声。儿子才刚满十六岁啊，怎么就走到了今天这一步？母亲的心在流血，眼前又浮现出当年的一幕一幕。

十三年前，狠心的丈夫抛弃家庭，另结新欢，自己守着微薄的工资，与儿子相依为命。丈夫走了，儿子就是她的命根子，就是她的一

切！家里太穷，买不起零食，那一次，儿子偷拿了同桌两毛钱，买了棒棒糖吃，正巧被下班回来的她撞见，儿子惊恐、可怜的眼神击垮了她的理智，她把摔在地上的棒棒糖捡起来洗净，又放回了孩子嘴里。

后来，儿子逐渐学会了撒谎、逃学、上网、打架、偷东西，眼看着儿子一天天堕落，望子成龙的她却毫无办法，打骂已经没用，只会让儿子找借口不回家，她只得一次次以泪洗面……

我洗好了，快把钱给我吧，我该走了。儿子吃饱喝足，穿上母亲准备的新衣服，又恢复了往日的神采和活力。

不要走，让妈妈再好好看看你！母亲把儿子拉到自己身边坐下，轻轻地抚摸着儿子可爱的脸庞。

别摸了，快把钱给我，我和李阳他们约好了10点的火车！儿子不耐烦地推开母亲的手。

我没有钱！母亲忽然放声大哭，我的钱早被你败光了！为了你的生活，为了你读书，我每天早起晚睡，干两份工，为了你有营养，我卖血给你订牛奶，你却这样报答我！我上辈子是造了什么孽呀，老天要这样惩罚我？！

儿子一下愣在那里。谁叫你当初不把我管严点，没钱我走了，等我出去挣了钱再回来孝敬你。儿子说。

不行，你不能走！母亲忽然跨步挡在了门口。这时，楼下响起了警车的声音。

妈，你快让开，警察来了！儿子上前想把母亲的身体拉开。

不，除非我死，否则我绝不会让你离开！母亲紧紧地护住门。

妈妈，您是最爱我的呀！我不想坐牢，求求您让我走吧，我以后一定听您的话！我不想坐牢啊妈！儿子跪在地上，双眼含泪，惊恐地望着母亲。

儿啊，妈不能让你一错再错，我也不能一错再错！

警车慢慢消失在夜色里。儿啊，别怪妈狠，只有走过了这一步，你才能有一个真正的新的开始！母亲在心里念叨。

# 七 夕

又是七夕。

朦胧的月光，洒在小小的院落。

虹和四岁的儿子小北坐在院子里，面前一张小圆桌，桌上的盘子里搁着饼子、葡萄、花生。

妈妈，爸爸啥时候回来看我们，跟我们说话呀？小北望着月亮，嘟着小嘴问道。

还要一会儿，虹指着天空，等天上星星多了，把路照得亮亮的，爸爸就回来看我们了。

院子一角有一个葡萄架，一串串绿的、红的葡萄，像暗夜里一只只快活的眼睛，又像一颗颗一眨一眨的星星。

小北跳起来，躲到葡萄架下，侧着头，一只手做成筒状，放在耳边，屏着呼吸，凝神倾听。

一会儿，小北噘着嘴，哭丧着脸走出葡萄架。妈妈，我听不见牛郎、织女说话，也听不见爸爸说话。

乖小北，可能是爸爸累了，所以休息了，今天就不和小北说话了，我们也回去休息了好吗？

不嘛，我不休息，我就要听爸爸说话，小北委屈地晃动着胖胖的胳膊，去年就是因为我睡着了，没有听见爸爸说话，都怪你！

好嘛，我们等，等爸爸。虹把小北搂进怀里，一只手轻轻拍着小北小小的身子。

远处，一幢幢高楼，万家灯火交相辉映，映出一个温暖、迷人的夜。每一处灯火的后面，都应该有一个完整、幸福的家吧？虹在心里猜想着，悲伤、心痛的感觉涌上心头——又是一年七夕，志强，你在哪里？

　　和志强的相识就是在美丽的七夕，虹刚大学毕业，匆匆忙忙赶着去亲戚家，不小心撞上了正抱着玫瑰叫卖的志强。撞坏了玫瑰花，又忘了带钱包，尴尬之余，虹灵机一动："我来帮你卖花吧。"

　　那一晚，虹不仅顺利地卖出了几十支玫瑰，还收获了美妙的爱情。志强来自一个贫困的农村家庭，为了偿还读书欠下的债务，他白天上班，晚上还兼两份工。生活的艰辛并没有压倒这个英俊的男孩，从他的言谈举止中，透出的是乐观、坚强。就像多年的朋友，两人之间竟有说不完的话，亲切、甜蜜的感觉像一条小河，在两人心里缓缓流淌。

　　结婚以后，两人同甘共苦，相濡以沫。每年七夕节，无论多忙，志强都会请假回家，陪着虹一起度过。一件衣服，一场电影，一盒巧克力，或者只是一起散散步，虹都觉得很知足，有什么比相爱的人陪在身边更幸福呢？儿子出生以后，一家三口更是其乐融融……

　　月牙弯弯，轻轻悄悄地移动着脚步。

　　小北仰着头，望着天空，望得脖子都酸了。

　　妈妈，星星们为什么还不出来？小北焦急地说。

　　也许是它们今天玩累了，都睡觉了吧！

　　呜呜，小北撇着嘴，那月亮为什么像弯弯的镰刀，不像圆圆的饼子？

　　乖乖，它要等到十五才圆，今天才初七。

　　可是我希望它今天圆，圆圆的月亮把路照亮，爸爸就能回来看我了！小北带着哭腔。

　　孩子，这是没法的事。虹咬咬牙，说道。

　　就像我们看不见爸爸，是吗？

　　虹叹口气，心痛地抚着小北的脸。

　　就是在这样一个朦胧的夜晚，下夜班归来的志强为了救一位横穿公路的老人，不幸被飞速行驶的汽车撞倒，老人得救了，志强却永远地闭上了眼睛。

　　一阵秋风轻轻吹过，瞌睡虫爬上小北的身体。小北用力摆摆头，头依然像妈妈买的大南瓜一样沉重。

妈妈，您再给我讲讲牛郎织女的故事吧。

好吧，虹点点头，柔声讲述：从前，有一个小伙子叫牛郎，被狠心的哥哥嫂嫂赶出家门，只有一头老牛跟着他……

妈妈，爸爸也是被王母娘娘带走的吗？小北依偎在妈妈的怀里，咬着饼子，问。

不是，爸爸是玉皇大帝派神仙来接走的。

玉皇大帝为什么接走爸爸呀？

因为爸爸做好事，帮助了一位老爷爷，玉皇大帝就把爸爸接到天上过好日子。

爸爸是变成神仙了，还会变魔术，对吗？小北有些兴奋地说。

对，爸爸变成神仙了，小北虽然看不见爸爸，爸爸却能看见小北。小北高兴，爸爸就高兴，小北伤心，爸爸也会伤心。但是我们知道爸爸过上好日子了，我们不伤心，我们快快乐乐的，想爸爸了，我们就和天空说说话，爸爸就会听见了。虹指着遥远的天空，告诉爸爸，小北要做一个勇敢、快乐的孩子，好吗？

嗯！小北认真地点点头。

一颗流星划过，映亮了美丽的夜空。

# 儿子受伤以后

下班了，该往哪儿走呢？市公安局的曾利有些犹豫，回家吧，家里冷冷清清，儿子一直待在他爷爷家，妻子肯定正在麻场鏖战，即便回来免不脱又是一场战争，还不如不回来。正寻思，短信来了，亲爱的，快过来，想死你了。是情人小莉。这个女人是他的秘书，又温柔又漂亮，

不像家里那个黄脸婆，凶悍无比。

两人约在了明月酒店，主要是这儿地偏，不容易撞见熟人。一进包厢，小莉就扭动水蛇腰，一步三摇地走到曾利面前，两只白生生的手臂圈住他的脖子，猩红的嘴唇迫不及待地凑上来。

两个人扯开嗓子，吼了一会儿歌，然后又点了一桌的好酒好菜细细品尝。

正在咀嚼美味，手机突然响了，是老爸的号码。快回来，你儿子被坏人砍伤了，老爸的声音里透着焦急。儿子出事了，这还了得！曾利"噌"的地一下从椅子上弹起来往门外冲。哎，啥子事这么急，再陪我一会儿嘛！小莉追上来从后面死死抱住他的腰。走开！曾利拉住她的手一掀，"啪"的一声，小莉扎扎实实地被掀到地上，扯开嗓门放声大哭起来，哭声中还夹杂着骂声："龟儿子，王八蛋……"

曾利顾不得那么多，打的赶到父亲家，妻子正站在门口。"你个龟儿子，死到哪里去了，现在才回来！"妻子怒目圆睁。"不要吼，要吵架回去再吵，别忘了我们的约定。"曾利说。妻子果然闭口不语了。原来为了不让十岁的儿子伤心，两人约定尽量不当着孩子的面吵架。

走进里屋，儿子小伟正半躺在床上看书，手上吊着绷带。"儿子，没事吧？"曾利摸摸小伟的脸蛋，心疼得差点掉眼泪。"没事儿。"小伟淡淡地回答。

"是怎么一回事？"曾利问父亲。"唉，还不是怪你们，小伟想到今天是周末，你们总有一个会过来，就一直在胡同口等你们，哪个晓得会遇上坏人，抢他的手机，小伟不给，就用刀子把他的手划伤了！"

岂有此理，自己都是警察，竟然有人敢这样欺负自己的儿子，简直是太岁头上动土！曾利不由得鬼火冒。必须报警抓住这些坏蛋，曾利拿出手机。"爸爸不要。"小伟说，"我没看清楚他们的样子。""没事，警察会调查的。"妻子安慰小伟。"不，不要，他们会报复我的。"小伟嗫嚅着说。"那就算了吧。"妻子示意曾利放下手机。

"小伟，明天妈妈带你去公园玩，好不好？"儿子受了伤，妻子想补偿一下，小伟却摇摇头。

"要不，明天爸爸陪你去溜冰？"曾利赶紧说。小伟还是没吭声。

儿子不买账，夫妻俩皱起眉头，闷坐在那里。妻子瞧瞧曾利，忽然两眼放光，拉着小伟的手说："幺儿，要不明天我们三个人一起去野餐。"

"耶！"小伟高兴得叫起来。

把小伟哄睡已经是十二点了。一定得给儿子出这口恶气，不能让那些浑蛋逍遥法外，曾利拨通了派出所的值班电话，一听说是市局的，派出所的警察立马重视起来，一个劲儿地承诺尽快破案。

第二天一家三口开车到了郊外，蓝蓝的天空，碧绿的草坪，小家伙在草地上跑来跑去，洒下一串"咯咯咯"的笑声。曾利忽然发现，孩子似乎好久没有这样开心地笑过了，曾利的眼睛不由得湿润起来，转过头望望妻子，妻子的眼里竟也包满了泪水。

晚上三个人回到小伟爷爷家，正撞上当地派出所的两名警察。"曾科长，您好！"其中一个胖警察笑容可掬地说道，"接到您的电话，我们立马开始调查，抓到几个小流氓，都是些经常小偷小摸外带抢小孩东西的街面上的小混混。他们死活不承认，我想问问小伟，了解一下情况。"

"好的。"曾利点点头，"小伟，过来！"

小伟迟疑着，向父亲招招手。

曾利和老婆一起跟着儿子走进书房。

"爸爸，一定要我说吗？"儿子抬起头，明亮的眼睛望着窗外，"我的手是自己割伤的。"

"你说啥子？"曾利的心一跳，四个人的目光一起注视着小伟。

"没什么，我就是想见到你和妈妈一起回来。"小伟淡淡地说。

# 道 德 量 化

儿子出世那一刻，富商就对妻子说："将来我一定要让我们的儿子成为世上最聪明、最能干的人，不管花多少钱去培养。"

儿子上幼儿园了，第一天回来手上就多了一道血痕，被同学弄的。富商问儿子，打他没有，没打，干吗不打，我怕。富商说，儿子，明天想办法打回来，打了爸爸给你负责。

第二天，儿子回来了，战战兢兢的，身后跟着一个膀大腰圆的男人，牵着一个额上有包，哭哭啼啼的小男孩。富商知道事来了，从兜里摸出三百块，那男人笑眯眯地走了。妻子怨富商没事瞎浪费，富商说臭娘儿们，懂个屁。

儿子上班了，第一天回来就耷拉着头，办砸了事被老板训了。富商说没事儿子，老爸给你报仇。当天晚上，富商约了儿子上司的上司，一顿山珍海味，外加一个鼓鼓的大信封。一个月后，儿子的上司卷铺盖走人了。

儿子恋爱了，整天眉开眼笑像捡着宝。不到一个星期，又变成霜打的茄子，愁眉不展，要死要活的。失恋了，被人甩了。富商开导儿子说，老爸保证那姑娘回来找你，蹬也蹬不掉。富商给了儿子一串钥匙，送给姑娘的父母，一套电梯公寓。一小时后，姑娘回来了，呼哧呼哧直喘气儿，一个劲儿嚷着什么时候去登记结婚。

儿子结婚了，婚礼很豪华。晚上客人走完了，富商把儿子叫到面前。孩子，你结婚了，也应该懂得做人的道理了。读幼儿园时你打小朋友，第一天上班时你把事儿办砸了，谈恋爱时你被女朋友甩了，我用不同数额的钞票都帮你摆平了，就是为了告诉你人性是什么——每个人的道德、能力、感情都是可以量化的，只要你出到一定的数额。你现在成人了，爸爸的生意就交给你了，应该知道怎么做了。儿子的眼里闪过一

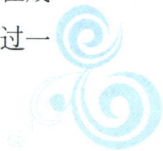

丝亮光，若有所悟地点点头。

看着儿子单薄的背影，富商忽然有些后悔了，自己上亿的资产，这个毛头小子能守得住吗？那可是自己几十年的心血啊！

一天，两天，一月，两月，一年，两年，富翁失言了。儿子就觉着心里火烧火燎的，成天不得劲儿。

半个月以后，富商静静地躺在自己的卧室里，枕边扔着一个白色药瓶，床边立着骄傲的儿子，"爸爸，您放心地去吧，您应该自豪了，您儿子比您更聪明，您懂得用钱来换世界上的任何东西，您儿子我懂得用世界上的任何东西来换钱！"

# 半 夜 鸡 叫

在我的老家川南，翻过腊月初十，浓浓的年味便在四野乡间弥漫，家家户户开始准备年货。新衣服、大红春联、鞭炮……要准备的东西真不少，不过最紧要的是预备一顿丰盛的年夜饭，以慰藉一年来的劳累奔波，同时犒劳犒劳油水很少的胃。在这一顿盛宴上，有一道菜又显得尤为重要，那就是过年鸡。

过年鸡一般选择那种羽毛鲜艳，矫健灵活的大公鸡。每年大年三十，清早起来就杀鸡。我负责抓稳鸡的脚和翅膀，避免它挣扎，父亲一手握刀，一手捏住鸡头使它后仰，把它的脖子亮出来，然后用刀轻轻一抹，鲜红的鸡血便喷涌而出。刀口越小，血流得越多，证明技术越好。地上预先铺好几张草纸，把鸡血淋在上面，称为"淋血钱"，然后拎着鸡快跑一圈儿，用鸡血淋猪圈，淋房屋四周，预示来年红红火火，家畜兴旺。中午开饭之前，先敬老天爷，供品一般是整鸡、整鱼和刀头

肉，再烧草纸和"血钱"，祈望老天爷保佑来年风调雨顺，一家大小健康平安。

小时候，每年年前，我的任务就是看好过年鸡。在我们那地方，贼特别厉害，什么都偷，连着四年我家的过年鸡都被偷了，气得我们咬牙切齿却毫无办法。母亲是一个非常执拗的人，明明知道鸡放养很危险，关在笼子里就没事，却因为舍不得鸡掉肉而非要放养。

十岁那年，村里流行鸡瘟，全村只我们家还剩三只，一公二母，那只公鸡特别漂亮，大红冠子，金黄色和红色夹杂的羽毛，绿色尾巴，走起路来气定神闲，仿佛一位久经沙场的将军。这样的品相拿到市场上卖，少说也要卖十块钱一斤。

从腊月开始我和妹妹的任务就是看好这只鸡。好不容易熬到二十九，我们暗自庆幸，猜想今年一定没事了。每隔十分钟，我们便唤它一次，它只在房前屋后活动，找起来并不难。

下午，父母买鱼去了，几个小伙伴到我家玩，包括邻居虎子，他是我最好的朋友。我们打弹子，扇烟盒，玩得不亦乐乎。过了大概半小时，我猛然想起鸡的事儿，赶紧找，其他人也帮着找，找遍了村子的各个角落，也没有大红公鸡的踪影。我和妹妹失魂落魄地坐在院坝里，任后悔、害怕和愤怒的泪水恣意横流。

不久父母回来了，把我们劈头盖脸地痛骂了一顿，还好没有挨打，我想是因为父母前几年自己也守不住过年鸡的缘故。他们怀疑是本村人作案，因为只有本村的人才熟悉那只公鸡的习性，而且才能在那么短的时间里迅速作案迅速消失。母亲扯开嗓子破口大骂可恶的偷鸡贼，骂了半天，没人接腔。又挨家挨户地去查看鸡笼，但是没有。前几回也是这样。天已经黑了，晚饭摆在桌上，我们却都没有吃一口。

半夜，我想着丢鸡的事，一直睡得不踏实。忽然，"咕咕咕"，一声响亮的鸡叫传来，我"噌"地跃起，披上厚衣服，来到父母的房间。母亲白天累得筋疲力尽，此刻正酣然入睡，而父亲已拉亮了灯坐在床头。"爸爸，我听见……""嘘。"父亲示意我别说话。"咕咕咕"，又是一声清脆的鸣叫，这次我和父亲都听得很清楚，正是那只大红公鸡

的叫声！声音是从隔壁虎子家传来的，以前我们也怀疑过他们，只是没有找到证据，这次证据确凿，一定要找他们给个说法。我和父亲穿好衣服、鞋袜，走到门口，父亲却又退了回来。"你去睡吧，我再想想。"父亲说。

父亲终究没有去，还叮嘱我这事不要告诉我妈。我虽然愤愤不平，还是答应了父亲的要求。不过我对虎子的态度却一落千丈，再也不和他一起上学放学，不和他玩耍，甚至不和他说话。

二十年后，我和虎子在一起喝酒，我们都喝得烂醉如泥的时候，虎子说："军子，其实我知道当年你为什么不理我。"

"为什么？"我打着酒嗝。

"你们家怀疑我们家是偷鸡贼。"

"没有的事！"

"别不承认，我一早就知道。不过我要告诉你的是，我们家还真是偷鸡贼，以前的鸡不知道，那一年的那只鸡我在我家厨房的柴堆里看见了，半夜那只鸡还叫了。"

"其实我和我老爸都听见了。"话说到这份儿上，我也把保守了二十年的秘密抖了出来。

"那你们为什么没吵？"

"我爸说，大过年的吵架不好，而且一吵邻居就没得做了。"

"还是你爸度量高！这个秘密压了我二十年，今天终于当你面说出来了，真高兴！"虎子举起酒杯，"我们还是朋友吗？"

"当然是，"我与他碰杯，"一只鸡算什么！不过当年我真恨不得打掉你一颗牙呢！"

# 牛　宝

　　幸福村的王老汉坐在院子里，面对正吃草的老黄牛喃喃自语：老黄，不要怪我心狠，这几天胃疼得厉害，没钱看病，只能牺牲你了，你下辈子投胎去个好人家吧！想到老黄走了，自己更加孤单，王老汉不禁洒下几滴眼泪。

　　找来水生、福财两个帮手，老黄牛没来得及哼哼便去了天堂。清理老黄肚子时，王老汉竟从肚中翻出一个圆球一样的东西，黑褐色，拳头大小。王老汉一生杀牛无数，却从未见过类似东西，一时间竟呆在那里。

　　"牛宝，肯定是牛宝！"水生激动得大声说。

　　"牛宝，啥东西？"

　　"我也说不清，反正就是牛身上长出来的宝贝，包治百病，值很多钱呢！"

　　很快，王老汉得了牛宝的消息传开了。

　　儿子王虎是踏着夜色走进老汉低矮的小屋的。"爸，听说咱家牛肚子里长宝了，啥样子？快让我瞧瞧！"

　　"听到宝贝你倒跑得快，可惜我没得啥宝！"老汉冷冷地说。

　　"爸，您看您这何必呢！我也是担心您的身体，回来看看您！"

　　王老汉不理，闭眼睡觉。

　　第二天一早，王老汉的闺女王英也顶着大雾回来了。

　　"爸，您胃病好些了没？我给您买了药。听说您得宝了？"

　　"哼！果然也是冲着宝来的。"王老汉扛上锄头下地去了。剩下兄妹俩你瞪着我，我瞪着你。

　　昔日冷落的院子开始热闹起来，看宝买宝的人络绎不绝。这可苦了王虎和王英，两人的家都在十里以外，每天早出晚归，提着好酒好肉赶

到老爷子这儿，儿媳、孙子、女婿、外孙也时不时过来。炒菜、做饭、洗衣、种地，兄妹俩比着赛着的勤快，每天爸前爸后的也叫得分外欢畅。

牛宝价格从一万、两万升到五万、八万，王老汉几次想卖，都被兄妹俩阻止了。

"爸，咱这宝贝可别卖亏了，昨天您孙子上网查了，去年山西一个牛宝，比这小，卖了十八万！"

"真的呀？那咱这宝应该能卖二十万啰！"王英欢喜地拍手。"到时你十万，我十万！呵呵，可以把我家那些破家电都换一下了。"

"就想着你自己，还有咱爸呢！"

"咱爸的钱早晚不都是我们的钱吗？"

"那倒也是，我一直想开个小店，就是苦于没本钱，这回爸您一定要支持我，把小店开起来，将来挣了大钱好好孝敬您！"

兄妹俩眉开眼笑，王老汉却只是重重地叹了口气。

"我有个朋友的亲戚是煤老板，我给他说说，看他那个亲戚愿意买不，煤老板有的是钱。"王虎说。

两天后，一辆奔驰驶进幸福村，王虎真领着那位姓赵的煤老板来了。赵老板挺着个啤酒肚，一进门就挥着手吆喝："快把宝贝拿来我瞧瞧！"

在王虎的恳求下，王老汉极不情愿地捧出装牛宝的盒子。

"这个真是牛宝？可不许骗我，骗我非打折你两条腿不可！"赵老板对王虎说。

"哪能骗您呢？当然是牛宝。"王虎低声下气说道。

"好，二十万给你。"赵老板豪气地从钱夹里抽出填好的支票。

"不行，我不卖！"王老汉一声断喝。

赵老板递支票的手停在空中。

"爸，您这是怎么了？"兄妹俩生气地把老汉拉到一边。"二十万您还不卖？"

"就是不卖！"王老汉很坚决。

"老家伙，耍我呢？王虎，你别忘了，我俩可是写了协议的，你违反协议，我明天就上法院告你，你就等着坐牢吧。"赵老板气急败坏，抬脚要走。

"求求您放过我儿子吧！"王老汉拉住赵老板的衣袖，"他不懂事，我在这儿给您赔礼了！"

"赔礼也不行，我非把他弄进监狱不可！"

"我给您跪下了！""咚"的一声，王老汉跪在了赵老板的面前。

屋内一片寂静，片刻，赵老板扶起老汉："老人家，您这又是何苦呢？您把这宝贝卖给我不就成了吗？"

"不能卖给你，我不能骗人，这牛宝是假的！"

原来，随着看宝的人越来越多，价格也越来越高，王老汉心里反倒不踏实起来，这东西真是牛宝吗？他心里的疑惑越来越重，便找了个借口偷偷带着宝贝到市里请专家做了鉴定，鉴定结果证实这确实不是传说中的牛宝，而只是一个肿瘤。因为不忍心看儿女们失望，也想再过两天热闹日子，所以老汉就迟迟没有说出真相。

"老人家，冲您的人品，今天我就不追究了！"赵老板坐上奔驰走了。

满屋一片凄凉。

"唉，人这心里，怎么就只有宝贝啊！"王老汉眼里滚出两滴浑浊的泪水。

# 玩家

# 遍 地 歌 声

电话响了。

"是李老师吗？我是吕奎呀，前几天我寄来的稿子您收到没？"

"收到了。"我皱了皱眉头。

"您觉得怎样？"

"还可以。"

"是吗？真谢谢您！"电话那边激动起来，"这首诗我也觉得不错，写的时候我是这样想的……"我下意识地把听筒往外挪了挪。

"张老师，您来了，快请坐。"我对着空气大声喊道，那边果然一愣神，我赶紧说："对不起有人来了，改天再聊。"

放下电话，我有一种如释重负的感觉。

认识吕奎是在A县作协年会上，他穿着一件皱皱巴巴的白衬衣，脚底下是一双带泥的黄胶鞋，正满脸汗水楼上楼下地搬书，我以为是司机，后来县作协主席介绍说是本县骨干作者。再后来他就经常来稿，而且每稿必打电话，讲述创作意图，听取编辑的意见建议，每次都滔滔不绝，刹不住车，搞得大家一接他的电话就头疼，有时索性就不接。

我从一大堆稿件中翻出他的诗歌，题目叫《遍地歌声》，主旨是歌唱生活，感情倒是挺充沛的，就是表现手法老套，句子直白，有点学生腔。说实话，如今这个社会，已经没有多少人写诗了，即使写，也没有人会去歌唱生活，都是写些忧啊、愁啊、怨啊乱七八糟的东西。痴迷

于文学的人多多少少都有点神经质，因为文学而发疯、自杀的也不在少数，本市就有好几个，看吕奎喋喋不休、死缠烂打的样儿，我们一致估计他那儿也出了点毛病，如果再给他发稿，岂不是害他？害人之事不可为，我顺手把他的稿件扔进了垃圾桶。

晚上接到一个哥们儿电话，约我们星期天去A县钓鱼，说是找到了一个老板办招待。这等好事，我们自然应允。

星期天我们一行四人背着渔具，早早地来到A县。拨通哥们儿电话，他似乎很惊愕："你们都到了？！你看这事弄得，昨晚忘了跟你们说，杨老板昨天出差了，恰好我今天也有事。要不你们先找个地方喝喝茶，我事情完了就来陪你们。"

"不用了，我们自娱自乐。"我恶狠狠地说。

敢耍我们哥几个，下次一定让你好看！我们一齐诅咒着这个可恶的家伙，同时茫然于下一步的行动。

"哎，吕奎不是在这附近吗？给他打电话，看有没有戏。"老刘说。

吕奎爽快地把我们接到了他老丈人的鱼塘边，又端来三张藤椅，让我们舒舒服服地坐着钓。一会儿又拿来茶叶、茶杯和水瓶。周到的服务，让我们十分高兴。

可以推断这块鱼塘很少有人钓过，鱼儿们没有经验，不到两小时，就前赴后继地挤满了我们的鱼篓。

中午了，吕奎领着我们回家吃饭。刚进门，一股浓烈的中药味道便扑鼻而来。老张皱了皱眉。

"我母亲和我爱人都有病，每天要熬药，久而久之家里就有一股药味，让你们见笑了。"吕奎抱歉地说。

我们赶紧摇头说没事儿。

吕奎家两室一厅，客厅很暗，一看就知道是老房子，结构不好。整个屋子收拾得挺整洁，但现代化的东西不多，只有一台电视，一个冰箱，都很旧了。吕奎的母亲瘫痪在床上，热情地向我们微笑，并骄傲地告诉我们，孙儿在外面上大学。

桌上的菜挺丰富，也挺香。我们夸奖吕奎的妻子能干，屋子收拾得整洁，菜炒得香，谁知她竟不好意思起来。"这些都是他做的。"妻子指指吕奎。

"是吗？"我们疑惑地问。

"是的。"吕奎点点头，"她腰上受过伤，一用力就疼，干不了体力活。"

"那你还要上班，还要写作，有时间吗？"

"有，我下班就快跑回来炒菜做饭，饭后洗衣拖地，这些都干完了，再写文章。"

"几点钟休息？"

"一般凌晨一点。"

"这么晚！"我们几个都发出感叹。

"时间这么紧就不要写了，休息要紧。"我说。其实我也经常凌晨一点才睡觉，不过却是在打完麻将或者吃完夜宵之后，性质和吕奎的完全相反。酒足饭饱闲来无事时写写文章的我见得多了，像这样废寝忘食辛苦劳累写作的我还是第一次见到。

"没办法，我喜欢写。把自己心里的感情、想法变成文字表达出来，我觉得是一件非常美妙的事。也许写得不好，但我认为这不重要。就像我现在的日子，虽然紧点、累点，但是我自个儿觉得挺踏实、挺好的，而且我相信以后会越来越好！"吕奎抿了一口酒，满足地说。

"祝我们越来越好！"我们激动地碰杯。

离开时我们留下二百元钱，吕奎死活不要，我们说不是给你，是给大妈和嫂子买营养品的，他才收下了。

明天上班一定要把他的稿子从垃圾桶里捡出来，好好读读，我们三个都这样认为。

# 寻找诗意的生活

　　方鸿扛着锄头走进地里的时候，太阳已升上老高了，却并不耀眼，三月的阳光就像母亲的手，带给人的永远是温暖和舒坦。好久没来了，地里的草长得老高，好像它们是庄稼地的主人，真正的主人蚕豆苗稀稀疏疏地掩映在草里，瘦瘦的，像委屈的孩子。

　　"种豆南山下，草盛豆苗稀，晨兴理荒秽，带月荷锄归。"方鸿吟着陶老的诗句，挥动锄头开始锄草。凭多年前的经验，他知道这种草不能浅浅地一铲了事，那会治标不治本，得深挖，把它们的根掘出来，再扔出去，才能干净彻底，从而避免它们抢去豆苗的营养和地盘。幸好早饭吃了一碗稀饭、四个馒头，有的是力气。

　　很久没干活了，手臂甩动起来着实有些机械和笨拙，好在前几天刚下过一场雨，泥土比较湿润，所以挖起来还不太费劲。毕竟是有底子的，不一会儿，方鸿就找回了那久违了的锄禾的感觉，并由这感觉又滋生出踏实和舒畅。

　　方鸿干一会儿停下来歇会儿，喝口水，揉揉酸痛的手臂，抖抖长衫和草鞋上的泥巴。看着身后锄过的地方整洁清爽，豆苗舒展着身子，一副扬眉吐气的样儿，方鸿不觉开心地笑了。

　　不知不觉日头已经爬到顶上了，肚里一阵咕咕咕的声音，就像里面藏着啥活物在叫唤。方鸿举起袖子擦擦脸上的汗水，又到下面田里洗了洗手，然后拿出预备好的饼，就着水壶，大口大口地嚼起来。这辈子五花八门的佳肴也算品尝过不少，却似乎都不如这烧饼嚼起来香！

　　吃饱喝足，一阵倦意袭来，方鸿找了块有干草的地儿，将自己放平。一个饱嗝还没打完，鼾声已经响起。

　　这一觉睡得踏实、放松，连梦都没做一个。好久都没这么舒服地睡过了！方鸿坐起身子，感觉神清气爽。

扛着锄头，倾听着鸟儿清脆的歌唱，踏着一路青青的草和细碎的阳光，方鸿往回走。来到一处农家小院前，推开栅栏门，一股淡淡的桃花香味飘入鼻腔。"相公，你回来啦！"屋内迎出一位妙龄女子，发髻高挽，肤如白雪，眼似杏核，脸上荡漾着春风一般温暖的笑容。

院子不大，只有十来平方米，却整洁有序，栽种着各种花草。墙角的地方生长着一株桃树，满树粉红的花朵正开得热烈。树下有石桌、石凳。方鸿放下锄头，坐到凳子上，夫人已经备好了茶，递到他手上。

品了一口西湖龙井，方鸿打开石桌上的诗词集，放声朗读："西塞山前白鹭飞，桃花流水鳜鱼肥。青箬笠，绿蓑衣，斜风细雨不须归。"诗句读完，他的眼前仿佛浮现出一幅"春钓图"：鹭在飞，花在飘，水在流，鱼儿在欢快地跳跃，披着蓑衣戴着斗笠的渔翁手握渔竿，静静垂钓，虽有斜风细雨，然渔翁陶醉于眼前的景物，全不思回去。这完全是一种天人合一的境界啊，谁会想回去呢！方鸿想，不禁打心眼里羡慕起渔翁来。又想起自己上午的耕作，或可吟诗一首，苦苦思索了半天，终究未得半句。

"相公，不如写几个字吧。"夫人看他眉头紧锁的样子，笑意盈盈地提议道。方鸿点点头。

夫人一双玉手珠圆玉润，轻轻移动，为方鸿研墨，纤细的腰身也跟着扭动，恰似风摆杨柳，真个婀娜多姿。方鸿忍不住想伸出手，摸摸她柔嫩的肌肤，手刚放到夫人腰上，被她抬手一巴掌打落。"专心写字儿！"夫人笑着呵斥。

方鸿讪笑一下，收回心思，凝神吸气，右手握紧毛笔，在砚盘里吸足墨汁，然后快速挥动手臂，龙飞凤舞，信马由缰，让笔尖在宣纸上恣意游走。只觉心中的浊气、恶气也经由手臂和毛笔，随着笔尖的移动而被排出。

日头西斜，就像一个顽皮的孩子，虽然仍眷恋着宽阔的游乐场，却不得不一步一回头地往家赶，走到家门口了，还赖着不进去，仍旧挥舞着画笔给周围的云朵涂上一笔笔金黄。

方鸿沉醉在书法的意境里，就像孩子摆弄着心爱的玩具，浑然不觉

时间的流逝。"嘀嘀……"外面忽然传来尖锐的车喇叭声。"方总，您该回去了，银河酒店还有一桌客人等着您呢！"秘书小刘已经推开栅栏门匆匆走了进来。

"唉，清静日子咋就过得这么快！"方鸿仰头望望夕阳，叹口气，放下笔，进屋换上西服，恋恋不舍地走出小院。

"方总，欢迎您下次再来——诗意生活一日游！"身后响起"夫人"银铃般清脆的声音。

# 谁动了我的心

莉莉坐在窗前，悠闲地翻着小说，明媚的阳光透过窗户，星星点点洒在她的身上，温暖而惬意。

莉莉自小得了小儿麻痹症，大部分时光就是这样在静坐中度过的，看看书，写写文章，虽然这对于很多人来说无法忍受，但对她来说已经习以为常，并且从中感受到乐趣。

电话响了，是李编辑打来的："莉莉，你文章里透出的坚强与才气打动了我们社里的杨记者，他一会儿过来采访你。"

"不要，李老师，我没什么值得写的。"莉莉惶恐地说，那边已经挂了电话。

杨记者温和亲切，他极力表扬了莉莉一番，弄得莉莉怪不好意思的。

"其实我也说不上坚强，先天的毛病，还能怎么样，只能这样过呗！很平常的。"莉莉说。

"不，很多人都做不到'很平常'，"杨记者说，"他们悲观失

望、怨天尤人，有的甚至选择自杀或者报复社会，所以你的乐观和坚强是非常值得宣传和学习的。"

很快，莉莉的事迹见报了。为了更打动人，杨记者对莉莉的生活进行了一些"艺术加工"，说她家庭贫困，读过古今中外很多名著，还在国家、省市级刊物发表了不少作品。莉莉觉得这样不好，但文章已经登上去了，也没办法。

当天就有十几个人给莉莉打来电话，有称赞她的，有愿意资助她生活费的，被她婉言谢绝了，还有两个也是残疾人，他们说从莉莉的身上学到了很多，今后也会像她一样坚强勇敢，做生活的强者。听得莉莉的心里热烘烘的，第一次感觉到自己的存在对于别人的价值。

几天后杨记者又打来电话，鼓励莉莉"走"出小楼，"走"到社会中去，这可是莉莉一直渴望却从来不敢去做的事，有了上一次的成功，莉莉愉快地答应了。

杨记者为莉莉的这一次公开亮相做了充分的准备：他把莉莉带到了最热闹的天和广场，然后拿出可爱的动物气球，让莉莉牵着线叫卖，并在旁边竖了一块牌子，牌子上是那篇报道的摘要。

路过的人很快围拢过来，大家纷纷感叹莉莉的乐观、坚强与才华，五元一个的气球被一抢而空。

被这么多人簇拥着、表扬着，莉莉心里有说不出的快乐和自豪：原来被人接受和喜欢是这么容易，原来自己也可以工作、挣钱。

第二天杨记者采写的报道配上照片就上了本地新闻的头条，看着报纸上漂亮的自己，莉莉开心地笑了。

如此好的新闻其他媒体自然也不会放过，电台、电视台、晚报的记者也纷纷前来采访。一夜之间，莉莉一下成了知名人物，人们经过广场时都要来和这位"挑战命运的残疾美女"打打招呼，选个气球，有的还和她合影。

媒体和公众的热情让莉莉有了一种仿佛明星般的感觉，莉莉喜欢这种感觉，被爱和被关注。

莉莉天天到广场上去，十天半月，一月两月，渐渐地，似乎就不那

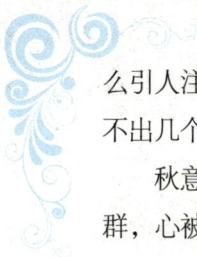

么引人注意了，来买气球的人少了，打招呼的人也少了，有时一天也卖不出几个气球，也说不上几句话。

秋意渐浓，凉风飒飒，莉莉坐在轮椅上，呆呆地看着来来往往的人群，心被孤独充斥着，脑海中不断闪现着两个月前人们的热情和笑脸。忽然，她想起早上看到的癌症女孩无钱治病的报道，莉莉拨通了杨记者的电话。

为贫困女孩捐款，花光了莉莉卖气球挣来的钱，还搭上了她多年来的小小积蓄，不过莉莉觉得值得，她再一次成为了大家瞩目的焦点，被爱与被关注的美好感觉重新回到了心间。

可是这一次人们的热情没有持续太久，几天后莉莉仿佛又成了广场上的一个摆设，一尊雕像，无人问津。

成双成对的情侣手牵着手，忙碌的上班族行色匆匆，天真活泼的儿童欢声笑语，他们一个个从莉莉眼前走过，却没有人给她哪怕一个关注的眼神，莉莉忽然感到一种前所未有的孤单和失落。有几次看到以前和她合过影的人，莉莉都笑容满面，准备迎接他们的问候，可他们就像从来不认识她一样，从她身边从容走过。仿佛一把钢刀扎在心口，莉莉听见了自己心碎的声音。

莉莉病了，整整住了三个月医院。出院后，莉莉再也没下过楼。

# 玩　　家

山势巍峨，一条细小的山道蜿蜒缠绕。揣着美玉，聚兴城的赵六爷沿着山道摇着纸扇走走停停，一路呼吸着清新的空气并欣赏着美景，真个是心旷神怡。

到得古寺，慧鉴大师正在清扫落叶，轻轻将落叶扫至一堆后，再送至旁边树林预先挖好的坑里，撒上一层泥土掩埋。

做完这一切，慧鉴大师为赵六爷泡上一杯清茶。

"大师，您这真是好地方，空气清新，景色壮美，又没有俗世的烦扰，我都想待在这里不走了。"赵六爷由衷地说。

"施主如果喜欢，尽可留下。"慧鉴大师合十说道。

"唉，想倒是想，可是钱庄事务缠身，走不开啊，只能偶尔抽空来沾沾您的仙气。"赵六爷不无遗憾地摇头。

鉴赏完美玉，一张方桌，两把竹椅，二人对弈渐酣。

山道上奔来一个人影，是赵家下人赵二。赵二气喘吁吁跑来，见过慧鉴大师后，将嘴附在赵六爷耳边，一阵嘀咕。赵六爷的脸渐渐由晴转阴："你马上回去告诉少爷，无论花多少钱，都要想法买过来。"

赵二领命而去。

原来，这赵六爷是聚兴城首富，生平喜好收藏古玩，前几日在邻县寻到一明代青花瓷，只因对方要价太高而未买下，这几日一直耿耿于怀，没承想刚才赵二来报，聚兴城的李三爷已将青花瓷买回。这李三爷只是一普通商人，做点小本买卖，败在他的手下，让赵六爷觉得这个脸丢大了。

"施主，我可要将军了。"慧鉴大师一句话将赵六爷的思绪拉回，赵六爷重新凝神下棋，却怎么也找不回先前的那份平静与坦荡。

一局结束，慧鉴大师获胜。赵六爷推开棋盘，微微叹息，正欲开口告辞，山中另一寺庙慧能大师的弟子手中托一木盒赶来。

"师叔，这是我和师父在华山采的，给您送来。"

"有劳你和师兄了。"慧鉴大师接过木盒，轻轻打开。赵六爷探过头去，盒中竟是一片枯黄的树叶。

"大师，您要这树叶做甚？"赵六爷惊奇地问。

"我师叔喜欢收藏树叶，他收集得可多了。"小和尚说。

"原来如此，以前怎么没有听大师提及？"

"个人爱好而已，不足为外人道也。"慧鉴大师语道。

　　"可否让我开开眼界？"

　　"但看无妨。"慧鉴大师起身从屋内捧出几个木盒，打开木盒，里面是书，再打开书，一片片树叶夹在其中。赵六爷小心而仔细地一页页翻过，心中不由得赞叹不已。这些树叶形态各异，被秋霜浸染出各种明暗相间的图案，浑然天成，即便是大画家着意为之，也难免相形见绌。更具匠心的是，慧鉴大师还在一些叶片上，顺着叶子的形态、颜色，随意用画笔勾勒几笔，竟变成了一幅幅意境深远的山水画、形态逼真的罗汉图！此时的树叶已不再是普通的树叶，而仿佛一个个意境空灵的生命的大宇宙！

　　"大师真是高人，竟连收藏爱好也与常人不同，这般雅致而幽远。"

　　"非也，施主错了，贫僧喜欢树叶与施主喜欢古玩并无二致。古玩也好，树叶也罢，无非就是一玩物，让我们心中愉悦，如此而已。"

　　如此而已？赵六爷心中思忖着慧鉴大师的话，忽然似有所悟。"多谢大师指点！"他起身告辞，疾步追赶赵二去了。

# 长 命 井

　　早上六点，整座古城还笼罩在一片夜色之中，李八爷已经准时起床了，穿戴整齐，洗漱完毕，和往常一样，先来到祖宗的灵位前焚香、叩拜。

　　和往常不同的是，两颗泪珠悄悄滑出眼眶，李乾坤举手轻轻擦去。

　　早饭用毕，管家侍立一旁，轻声问道："老爷，今天您还去井上吗？"

"去，当然去。"李八爷跟跟跄跄走出房门，身后是夫人低低的啜泣声。

井架高高耸立，十几个工人围在井架边，虽然才早上九点，却并没有繁忙紧张的气氛，工人们皆是一副慵懒之色。

"你们在那儿磨叽啥，还不赶紧干活！"管家生气地吼道。

李八爷用手势止住管家，朗声说道："我明白大家的心情，你们辛苦了，这个月的工钱我已经给大家准备好了，就请大家为我李某干好这最后半天活吧。"

"好嘞！"听了李八爷的话，工人们拿出精神，号子又重新吼了起来。其实大家本来也是不愿尽力，只是想着这井日复一日年复一年，迟迟未钻出卤水，心里都已经泄气，加之又各自焦虑着以后去哪里寻工作，所以才会无精打采。

看着高高的天车，看着工人们繁忙的景象，李八爷思如潮涌，眼前不禁浮现出家族里一幕幕兴旺的景象，唉，可惜都成过眼云烟。明天，这口井就将改弦易主了！都怪自己把赌注全压在这口井上，却历经六载仍未见卤。六年啊，多少白花花的银子扔进去了！

可是至今他仍然相信这个地方一定有卤水，这是他根据自己这么多年潜心研究卤水分布的经验得出的结论。唉，只可惜本钱不足，只能抱恨终生了！李八爷长长地叹了一口气。

时间一分一秒地流逝，转眼太阳已到了顶。李八爷让管家招呼工人们来到屋内。宽大的桌子上已经摆好了酒菜。

大家入席坐定，李八爷亲自给每个人面前倒满一碗酒，然后举起酒碗："兄弟们，这顿饭是大家在我李乾坤这儿吃的最后一顿饭，大家知道，为了这井，我李某已经是倾家荡产，感谢大家这么些年对李家的深情厚谊，只怪我李某无能，砸了大家的饭碗，我这里赔罪了！饭后就请大家到管家那儿结清工钱，另谋高就吧！"说完，李八爷一仰脖，一碗酒一饮而尽。

"谢谢八爷！"众人也纷纷端起酒碗，却都有些伤感。

"为了大家最后一顿吃好喝好，八爷把祖传的长命锁都低价当了，

置办了这三桌酒席！"管家沙哑着声音道。

酒桌上一片欷歔之声。

午饭完毕，李八爷坐在井架边晒太阳，工人们已经陆续走了，管家也被他安排走了，整个井场特别冷清，虽然沐浴着阳光，李八爷身子却感觉阵阵寒意。明天，最迟后天，就要去为这个井寻买家了，一大家子人不能老饿着啊。

咚咚咚，外面忽然传来杂乱的脚步声，一条条汉子挺着胸膛走进来。

"八爷，我们回来了。"一个不落，工人们又重新站到了李八爷的面前。

"我们想好了，您老有情有义，当了祖传的长命锁好酒好肉来招待我们，我们也不能薄情寡义，就让我们最后再来给您钻半天，不管出不出卤，也心安了。"为首的老李说。

"谢谢，谢谢你们。"李八爷冲着工人们拱手抱拳，心里有些激动。

"一二三嘿！一二三嘿！"雄浑的号子声又回荡在盐场的天空。

咚！咚！咚……李八爷和工人们的心也随着这声音起起落落。刚刚钻了不到十下，卤水喷涌而出。整个井场一片欢呼，激动的泪水布满李八爷沧桑的脸面。

此后，这口井成为盐都最大的盐井之一，并被命名为长命井。

# 德　　明

德明快四十了，腰板依然笔直，国字脸历经岁月的洗刷，更加棱角分明，这样一副长相，赛过村里好些后生，却依然孑然一身。

　　年轻时，德明也曾有过一段美好的初恋，对方是村里最漂亮的姑娘小玲。两人青梅竹马，一块儿长大，村外的小溪边、竹林里，洒满了他们甜蜜的欢笑。德明喜欢小玲的漂亮，更喜欢她的纯洁、善良。双方家长也满意这门亲事，就把日子给定下了。

　　结婚前一周，小玲突然哭哭啼啼找到德明，说父母要把她嫁给一个城里人。德明急了，你父母怎么可以做这种昧良心的事呢？不行，我找他们去！你别去，小玲拉住了他，你去了也没用，他们把退你的彩礼钱都准备好了。你别着急，我想了个办法——到时我们私奔。

　　约好私奔的那天晚上，德明给家里留了一封信，然后偷偷来到了距村子三里外的小河边等候。左等右等，等到露水打湿了衣裳，等到天边曙光初现，也没见到小玲的身影。

　　村里人都说，小玲的男人长得丑，身子像个大冬瓜，脸像茄子，跟德明比差十万八千里！但人家是城里人，有铁饭碗，这一点又比德明强了一百倍！而且他还利用当官的亲戚的关系，给小玲也找了份工，小玲也成了拿工资吃饭的人，据说这就是小玲最后变心的原因。

　　不管村里人怎样评说，德明始终不开口。

　　小玲的舅舅退还来双倍的彩礼钱，德明抽出多的一份，当着小玲舅舅的面儿，刷刷刷，几下把钱给撕了！小玲舅舅预备好的客气话再也说不出口，只好红着脸悻悻地离开了。

　　德明是村里最早出去打工的，干过泥瓦活、木工活，做过搬运，搞过装修，不论在哪里，德明的工资都拿得最高，因为他总是玩命似的干活。

　　越来越多的人开始背井离乡外出打工时，德明又回来了，他用积攒下的钱承包了一大片地，种起了果树，后来又办起了农家乐。当别的人家还在为餐桌上的肉食不够丰富发愁的时候，德明家已经盖起了小洋楼，当别人家盖起小洋楼的时候，德明已经开起了小车。

　　德明早已经不是当年的德明，提亲的人踏破了门槛。前些年因为忙着挣钱，顾不上结婚的事，这些年闲一些了，德明也想找个女人好好过日子。找来找去，却找不到合适的，年纪大的、长得丑的德明觉得自己亏，年轻漂亮的他又觉得她们是为了钱。为这，德明很苦闷，苦闷的

时候，他就在心底里一遍遍地咒骂那个女人，那个过去亲手毁掉他的幸福，现在又毁掉他对天下女人的信任的女人。

德明无数次开车从小玲娘家门前经过，逢年过节更是要特意去绕几圈，却从没有见过她一次。只隐约地听别人说，她和老公下岗了，男人脾气不好，还爱喝酒。后来又听说，她的儿子得了病，正在医治。

这一年春节，德明和新交的女朋友小梅正在家里看电视，小玲的母亲带着小玲的儿子毛毛来了，毛毛刚十岁，瘦瘦的脸，瘦瘦的身子，就像一棵不经风的小草。小玲的母亲流着泪告诉德明，毛毛得了重病，只有手术才能活命，借遍了亲戚朋友，手术费还差十万块，求他看在乡里乡亲的分上，救救孩子！

德明的心乱极了，这个眉眼像极了小玲的孩子勾起了他多年来郁积在心头的愤怒和心酸，青春无价，幸福无价，他不能说服自己原谅小玲，何况十万不是一个小数目！然而毛毛是无辜的，自己怎么能眼睁睁看着他鲜活的生命消失呢？德明陷入了前所未有的矛盾中。这时候，坐在旁边的小梅搂着毛毛早已泪水涟涟，她掏出自己包里所有的钱，递给了毛毛的外婆。过去的就让它过去吧，小梅对德明说，你看孩子多可怜，求求你，救救他吧！

夏天来临的时候，毛毛的病好了。德明也结婚了，婚宴摆了五十桌，娶的是他最中意的女人——小梅。

# 好命的女人

瑜是一个好命的女人，我们学校里所有的老师都这样认为。

上天特别恩宠瑜，给了她幸福生活的全部：美丽的容颜，优越的工

作，在北京当经理的丈夫，出国留学的儿子。

每个星期二、四上午，瑜驾驶着黑色奥迪驶进校园。高档时装、名牌化妆品将原本就好看的瑜衬托得更加高贵、典雅。上课之前，瑜给自己泡一杯香浓四溢的咖啡。上完课，再驾着车离开。几乎从不在学校逗留。

学生们都喜欢瑜，不仅因为她气质好，还因为她课上得好。瑜的课简洁、专业，循循善诱，充满激情。看得出来，瑜是花了很多心思来准备每节课的，不像我们中有些人，教十年书，经验却只有一年。

走下讲台的瑜却像变了个人似的，冷漠、高傲，从不主动和大家说话。

同事们都不喜欢瑜，尤其是女同事。开会的时候，瑜的左右两边要么坐着男同事，要么空着。节假日单位搞活动，打牌的打牌，唱歌的唱歌，聊天的聊天，一派热闹景象，却没有人邀请瑜一起玩，就像她与这热闹不相关。后来，瑜就自动放弃了参加活动。

好长一段时间没见到瑜了，大家都有些奇怪，共事这么些年，瑜可是连假都没请过，男人们纷纷猜测原因，女人们却暗自高兴。

星期天是老校长六十岁的生日，酒桌上大家见到了久违的瑜，她显然刚刚病过一场，或者还在病中，颧骨高耸，原本丰腴的脸颊深陷了进去，脸色苍白而憔悴。

见惯了她冷漠、高傲的样子，忽然见着她的病容，大家都有些不忍和愧疚，毕竟同事一场，这么久了竟没有人想起去看看她，于情于理都说不过去。于是所有人都纷纷上前向她问好，女同事们拉着瑜的手，叽叽喳喳地打听着瑜的近况。瑜说得了点小病，休养一段时间就好了。

众人的关心让瑜有些激动，瑜颤抖着手敬了老校长，男、女同事各一杯酒。三杯酒下肚，不胜酒力的瑜很快趴在了桌上。

酒宴散场后，我们和两个男同事一起把瑜送回家。

瑜住着一幢独立的小别墅，楼上楼下近两百平方米。打开门，明亮的灯光扑面而来，不只是客厅，所有房间里的灯都亮着，把我们吓了一跳，猜想屋里肯定有人。

"没有人，"瑜说，"我喜欢把它们开着，开着灯每天迎接我下班

的就不是黑暗和阴冷，而是光明和温暖。"

或许是喝了酒的缘故，瑜把这么隐秘的话都说了出来，而且语调那么伤感，一改往日的冰冷，令我们也跟着伤感起来，这么空旷的房间，一个人住确实寂寞。

"你老公、儿子回来时就热闹啰，"同事小美打破沉默，"对了，你不是病了吗？怎么没见他们？"

"儿子很忙，我不忍心打搅他。"瑜说。

"那你老公呢？他应该请假回来陪陪你呀。"

"他在外面有了别的女人，已经两年没回来了。"话到这里，瑜的眼泪也如断线的珠子扑扑往下掉。

第二天，我们找到了瑜的医生，他告诉我们，瑜病了两年多了，现在病情已经进入晚期，情况好可能活几年，情况不好也许就是几个月。

经过了瑜的事，办公室里呈现出了一种前所未有的乐观、豁达、亲切的气氛，再没有人抱怨命运不公了，也没有人处心积虑地想着算计谁了。同时，去瑜家探望、闲坐的人越来越多。后来，女同事们干脆每周六到她家开Party，喝茶、打牌、唱歌、跳舞，交流美容和养生之道，玩得不亦乐乎。

半年后，瑜驾着车上班了。站在宽大的办公室里，面对着众多真诚、温馨的眼神，瑜露出了开心、灿烂的笑容。

# 拐　杖

认识那对老夫妻是在他们搬来的那一天。

那天何玲吃完饭到楼下休息，就看见过道上停了一辆大货车，车上

电视、冰箱、家具等一应俱全，工人们正搬得满头大汗。货车后面还停着一辆小轿车。货车上的东西搬完以后，从轿车上走下来一位须发半白的老者。老人打开后排车门，吃力地俯下身，小心翼翼地抱出一个东西，是一幅镶了镜框的画。小车司机急忙过去帮忙，被老人拒绝了。司机扭头瞧见车里还有画，赶忙弓下腰要去拿，老人却说道："不要动，我自己来拿，你不要给我拿坏了。"司机只得一脸尴尬地站在那里。

画大概只有十来幅，或镜框或卷轴，老人却累得满脸通红，额头上还渗出了细密的汗珠，因为每次他只拿一两幅，极小心地捧在怀里，生怕弄坏的样子。

待所有的画拿完，老人从车里扶出一位红光满面的老太太。老太太衣着华贵，从布满皱纹的眼梢鬓角依旧能寻出当年的端庄、俏丽。她从衣袋里抽出一张手绢，轻轻地为老伴擦汗。"看把你累的，叫司机搬不就行了，非要自己搬！"老太太嗔怪着。老头只是憨憨地一笑。

"走，我们到新家啰！"老头牵着老太太的手轻轻地挪动脚步，何玲这才发现，原来老太太的右脚是跛的。她急忙上前帮着把老太太扶回家，他们与何玲正好是门对门的邻居。

从那以后，小区里便多了一道相携相扶的美丽风景。每天晚饭后，老夫妻俩都要出来休息一下。惯例是老爷子先端出一张柔软的白色椅子在花坛边放好，然后再回家，小心翼翼地搀出老太太，下楼梯时老爷子极是紧张，两只手轻轻地扶着老伴，侧着身子倒退着，生怕妻子摔倒。待妻子在椅子上坐定，老头就立刻舒展开满脸皱纹，然后开始打太极拳，一招一式，极是认真，打得很有气势。老太太就坐在一边静静地看着丈夫，脸上挂着幸福的微笑。

天天看着老人的和谐温馨，何玲的心却禁不住暗暗叹息起来，自己和丈夫为了生计奔波，何时有过这般宁静祥和的时刻，丈夫更是一回到家就只晓得看电视，家务事不沾边，从来不懂得体贴自己。

多日来的不快郁积在心头，终于，何玲忍不住与丈夫大吵一架，愤怒的吼声惊动了对门的老人。老夫妻俩敲开门，老太太让何玲小两口坐在身边，给他们讲了自己的故事。

原来，老太太与丈夫是师范同学，不过那时她爱的是另一个小伙子。一场大火烧毁了她租住的小屋，让她失去了健康的右脚，英俊的男友也离她而去。当时的她悲痛欲绝，是他（丈夫）用温柔体贴医治了她心里的伤痛。许多年过去了，她成了市里小有名气的画家，丈夫也一路官运亨通，五年前在局长位子上光荣退休。"三十五年了，我们经历了许许多多的沧海桑田、世事变化，但是唯一不变的，是他一直是我最忠实的拐杖！"老太太微笑着拿起丈夫的手，"你也要好好爱自己的妻子，做她的拐杖。"老太太对何玲的丈夫说。

送走两位老人，丈夫将何玲轻轻地拉进怀里。

老夫妻俩的故事在小区里悄悄地传诵着，晚上出来散步的人越来越多了，男女老幼，都热情地和老人打着招呼，欣赏着这一幅夕阳黄昏的和谐美景。小区里夫妻吵架的时候似乎是越来越少了，想到这一点，人们看老夫妻俩的目光里又多了一份感激与尊重。

秋天到了，老头的身体忽然不行了，何玲和丈夫急忙前去探望。老头一张脸彻底地凹了进去，已经是去日无多了。

"多少年了，一直想告诉你，"老头一双干枯的手紧紧攥着妻子的手，"那一次大火其实是我放的，因为你爱的不是我。这么多年了，我一直欺骗了你的感情！"老头满脸泪水。

"别说了，其实后来我已经猜到了，但是我不生气！"老太太轻轻地抚摸着丈夫干瘦的脸颊，"你给了我那么多的幸福和快乐，这还不够吗？我只期盼你能永远做我的拐杖，不要扔下我先走，好吗？"

秋天过了，青青的陵园新增了两座墓碑。

站在墓前，何玲含着泪望着丈夫："你愿意做我永远的拐杖吗？"

"我愿意。"丈夫轻轻地回答。

# 义　卖

接到市里关于扶贫的义卖通知，书法家谷老先生早早地便做好了准备。

谷老一生历经坎坷，晚年名满天下，求字者如云，生活自然也过得美满富足，唯常忆念幼时的清苦，因而对扶贫、赈灾等善事皆十分热心，不遗余力。

早上九点，在市中心最热闹的和平广场，义卖活动准时开始。大红标语高高挂起，九张宽大的书桌一字排开，领导简短的讲话一完，谷老和另外八位书法家便开始泼墨挥毫，现场群众里三层外三层，都争相观看艺术家们的精彩表演，不时发出啧啧的赞叹声。

几幅字写完，却没有人开口要买。谷老明白，一则是多数群众收入都是中等，没有闲钱也没有习惯购买书法这种奢侈品，二是真正懂行的人少，既无法辨别作品的好坏，更搞不清价格行情，不敢轻易出价，怕惹人笑话。

正在这尴尬的时刻，团市委副书记也是这次活动的组织者之一刘颖来到谷老桌前："谷老师，我想买您一幅字送给我女儿，行不？"

"当然行，"谷老很高兴，"写什么字？"

"她刚上小学，就写点激励她奋发学习的吧。"

"好。"谷老轻松下笔，"学无止境"几个遒劲有力的大字跃然纸上。

"真漂亮，多少钱？"刘颖问道。

"既是义卖，并不在乎多少，小刘你看着给吧。"

"三百行不行？"

"可以。"

"那就多谢了。"刘颖欣喜地接过了字。

平时谷老的三尺宣少了四千，那是休想拿走，但是义卖这种场合，谷老从不计较，钱多钱少，都是一份爱心，谷老是这样认为的。

有人带了头，且知道价钱并不是很贵，不少人开始行动起来，几张桌子前此起彼伏地响起购买声，这可忙坏了谷老和其他书法家们，但是他们心里都很愉快，虽然字卖的价格比平时少了许多，一个个却写得比平时更加认真，生怕写差了对不起人家的一番爱心。

谷老名气大，所以求他作品的人更多一些，人们自觉地排起了队。谷老刚刚写完一幅字，市政府的秘书小张轻轻地拉了一下他的衣角："谷老先生，刚才卫生局的李局长说他十分仰慕您的书法，想收藏一幅您的字，您看行不？"小张小声地说道。

"我现在忙，待会儿再说吧。"谷老十分讨厌这种借点小权打秋风的人，不写吧，太拂面子，写吧，又心里不爽。

一连写了十幅，才把排队的对付完，谷老稍稍地歇了口气，瞅见小张还在那儿站着，有些于心不忍。

"他说写什么，我现在给你写。"谷老说。

"写什么都行，李局长说，只要是您的字，他都喜欢。"小张赶紧说道。

"好。"谷老大笔一挥，一幅书法顷刻诞生：当官不为民做主，不如回家卖红薯。

人群中有人发出窃笑。

"你把这给他吧，挂在办公室挺合适的。"谷老说。

小张接过字，尴尬地说声谢谢，转身走了。

义卖继续进行，有出七八百的，也有出一两百的，谷老都一一满足，看着善款不断增加，谷老心里十分愉快，字写得也越发苍劲浑厚。

"谷老先生，您真不愧是大家，字写得真是气势磅礴啊！"

谷老抬眼一看，是文化局的一名干部，腆着个肚子，艰难地挤到桌前。谷老明白，又是一个打秋风的，这种人吃国家一顿饭花几千都舍得，自己掏钱买字，一百都舍不得。

"老先生，我对您是仰慕已久，您看能不能赏光给我也写个字，我

好挂在家里，天天欣赏？"

"行，写什么？"谷老满口答应。

"随便。"

干部话音未落，大大的"随便"二字跳跃纸上。

"写好了，拿走吧。"谷老说。

"谢谢！"干部一脸尴尬，悻悻地捧着字离开了。

人群爆发出一阵大笑。

谷老注意到一个衣衫破旧的老者从活动开始到现在一直都在观看自己写字，从未离开，却不曾开口购买。"老先生，您喜欢我的字？"谷老问道。

"喜欢，不过我没带多少钱在身上。"老者有些不好意思地说。

"十块钱您有没有？"

"有。"

"就十块钱！不论钱多钱少都是您的一片爱心，我代那些受益的群众谢谢您。"谷老运笔挥毫，又一幅苍劲有力的书法作品呈现在大家眼前。

"好！"人群中有人鼓掌，随即掌声雷动。

# 重 要 稿 件

"上了！上了！终于上了！"

老张嘴里咋呼着，右手大拇指一遍遍地抚摸着光滑的书页上自己那如两个豆点的名字，恨不能摸出点凹凸感来。

"上了啥子？鬼叫鬼叫的。"老婆从厨房里探出头来。

"《华夏文学家》。"老张激动地说。

"你的文章不是已经上过很多刊物了吗，这次有啥子好稀奇的呢？"

"你懂个屁，这个《华夏文学家》是国内最高档次的文学刊物！"

"算了，跟你说这些你也不懂。"老张双手颤抖着抄起电话，把这一好消息告知了自己最好的几位文友，并邀请他们到家里来小酌几杯，共同庆贺这难得的喜事。

"写得好，情真意切！"老刘反复浏览着老张的大作，伸出了大拇指。

"人家大刊物就是不一样，你看这版式，这纸张，大气！漂亮！"小于说。

"啧啧，老张，这回你指定出名了，你看看，在这个刊物上发稿的可都是文学大家。"

"哪里哪里！"老张微眯着眼谦虚地回答，心头却像七月天吃冰棍儿，爽透了。

老张在《华夏文学家》发稿的消息如一阵春风，迅速吹遍A县文化圈。再参加圈内活动，大家看他的眼神便有些不一样了。自然而然，老张每次都成为活动的焦点。

"张老师，您真厉害，能在那种高级别的刊物上发稿！"小李大声赞叹。

"不是高级别，是最高级别。"老张微笑着纠正，"要说上这个刊物也确实不容易，全国多少双眼睛每期都贼似的盯着，我也是侥幸，侥幸而已，呵呵呵。"

一桌人互相看看，哈哈哈，都胡乱地大笑起来。虽然被老张作践成了贼，可人家就是在上面发稿了，这是铁的事实，而其他人到如今都依然只是做梦。

"老张，你真不愧为我们A县的文学泰斗，以后我们作协，还靠你来撑起，我敬你一杯！"县作协主席带头举起了酒杯。

一桌人便依次给老张敬酒。

"张老师，您老也给大家传授一下您的宝贵经验。"有人提议。

"就是就是！"大家跟着附和。

"经验谈不上，体会还是有一点。"几杯酒下肚，老张红光满面。"文学这个东西，往小了说是个人爱好，涂抹点心情，往大了说是社会责任，是国民的精神导向。我们要写出好的作品，首先就应当明确创作目的，要以对人类、对时代负责的精神来写作！不能为名为利，为取悦某个刊物、某个部门而写，更不能停留在抒发个人的小伤小感上！"

老张略微停顿，夹了口菜送进嘴里。一桌人皆肃然凝听。

"第二嘛，我们的眼界要打开，不能只盯着市里、省里，要放眼全国，乃至世界。在市级、省级刊物发东西那算个啥！要能在全国的重点刊物乃至全世界发稿，那才算牛，才算真正的作家！"

"说得好！"噼里啪啦的掌声响起，"我们都是些井底之蛙，也只有您才配得上'作家'这个称号。"大家纷纷感叹，

"哪里哪里，我也不算，还要继续努力！"

"您都在《华夏文学家》发稿了，当然要算。"

"我也是坚持写了三十多年，才终于达到这一步。"老张拈着胡须，无限感叹。

仿佛一夜之间，老张成了文化名人，其影响已经超越文化圈，正在以几何速度向其他圈子扩展。许多与文化不搭边的活动也开始频频向老张抛出绣球，都以请到这位大作家为荣。老张也来者不拒，毕竟好酒好肉落到肚里确实滋润。

这天，县政府接待市文化局下来视察的刘局长，办公室马主任正在发愁，抓哪个有点影响力的人来陪一下呢？倒是王副县长脑袋灵光，说作协不是有个大作家老张吗，就叫他来吧。

一个电话，老张急匆匆地赶到了县里最豪华的"明珠大酒店"。

"这是我们县著名作家张老师，他长期坚持写作，硕果累累，这不，最近刚在《华夏文学家》上发表了一篇重要稿件。"王县长隆重地向刘局长介绍道。

"幸会幸会！"刘局长热情地伸出手，与老张枯藤一样的手握到了

一起。

酒过三巡，包间里的气氛异常融洽。老张酒量不高，已经喝得面红耳赤，晕晕乎乎，就像在云端一般。

刘局长给老张的杯子斟满酒，又举起自己的酒杯："张老师，您那篇文章叫啥名字，我回去上网搜出来，学习学习！"

"学习不敢，正好我今天带来了，请领导多多指教！"老张双手抖抖索索，从包里掏出用报纸包裹得方方正正的刊物，揭开报纸，双手递给刘局长。

杂志翻开，刘局长、王县长、马主任三双眼睛一起落在了老张发表的稿件上。

稿件很短，不到二百字。旁边还有刊物主编的回复。

原来，老张发表的是一封"读者来信"。

# 名 人 故 里

杨老汉手拿菜刀，稳稳地站在自家门前。

一大帮人站在屋外。村支书杨大宝凑到老汉跟前："老爷子，您老这是干啥？快把刀放下，赶明儿我请您老喝酒。您没看见来了这么多领导？别让我难堪。"

"领导算个球！"杨老汉鼻子里冷哼一声。

一拨干部黑了脸。杨大宝更是急得脸上红一阵、白一阵，摊上这么个神经病老头，算是自己倒了大霉，也顾不得辈分了："杨长根，我跟你儿子可是签了协议的，我们这可是按协议办事，您老别给脸不要脸！"

"房子是我的，龟儿子签的不算数。"

"你……"杨大宝气得说不出话来。

正在这时，杨老汉在镇上开餐馆的儿子气喘吁吁地回来了，跟领导们打过招呼后，儿子把杨老汉拉进屋，小声说道："老爸，就您这破房子，他们答应赔十万，再另外划地儿给您修，简直是太值了。这可是我和他们谈了很久才谈下来的，难不成您比我还厉害？还能多要点儿？"

"呸，见钱眼开的东西！"杨老汉不理儿子，依旧拿着菜刀守住门口。

儿子苦着脸对杨大宝摇摇头。乡长、书记也陆续上前做工作，晓之以理，宣之以法，杨老汉一言不发，可就是不让开。

这几年，市里号召各区县大力发展旅游事业，促进本地区经济发展。本县说不上穷山恶水，至少也与山清水秀不搭边，领导们绞尽脑汁，翻遍典籍，找来找去就找到杨家村这一个"名人"。不管咋说，有胜于无，倾力打造呗。既然是名人故里，不愁没有人来参观游玩，既发展了经济，又完成了市里下达的任务，实在是一举多得。经过多方考证，现在杨老汉的房子那地方以前立着的正是那位名人的祖屋，县里决定尽量忠于历史，在原址上修建名人故里，却偏偏遇上这么个倔老头。

几番沟通无效，领导们凑在一起商量办法。"要不就强拆！"县旅游局办公室主任提议。"不行！"局长立刻反对，"我们还是要慎重，万一出了意外，可就是好事变坏事，得不偿失了。"

"老爷子，是不是拆迁款让你不满意？这个我们可以再协商，不过我们是有政策的，何况政府也不富裕，你老可别想着漫天要价。"建委主任亲自出马说道。

"给多少钱我也不搬，你们别把人看扁了！"杨老汉气呼呼地说。

"那你到底想怎样？"

"哼，我想怎样，我想的就是你们不要修那啥破名人故里。"

"老爷子，这就是你的不对了，我们打造名人故里，是为了发展旅游经济，到时大家都来玩，你们不也跟着沾光，赚点小钱。"旅游局局长说道。

"钱钱钱，我看你们这帮人眼里就只有钱。为了钱，什么都可

以做。你们打造的那叫啥？名人？把祖宗的脸都丢光了，简直是祸害子孙！"

"爸，您快别说了。"杨老汉的儿子赶紧拉住老头。

"你不让我说我偏要说。"杨老汉手指着院子里的人，"杨家村历史上出了这样一个大恶人，祸害乡里，祸害国家，是我们杨家的耻辱，也是县里、市里的耻辱啊，你们不把他藏着掖着，反而还给他修庙宇、塑金身！还让别人来参观，好笑话咱，这不是祸害子孙是什么？你们丢得起这脸，我老头子丢不起！我们杨家村的老百姓丢不起！"

"对，咱老百姓丢不起这脸！"围观的村民们也跟着大声说道。

一拨干部们有的红了脸，有的白了脸，一个个悄悄地钻进小车。哧溜，几辆小车飞一样地开走了。

# 隐　　者

咚，一记重锤砸在饭桌上，结实的桌子陷了个洞。恨恨地扔了铁锤，背上铺盖卷，勇头也不回地走出了家门。

里屋，一男一女瑟瑟发抖。

红尘中已经没有什么值得自己留恋的了，却又不想去敲钟念佛，听人说附近的终南山上住着隐者，或许隐者的生活正适合于自己，不是吗？老婆和自己堂哥搞到了一起，尊严和脸面已经荡然无存，找个地儿藏起来应该是最好的归宿。想通了这一点，勇直奔终南山。

几番辛苦奔波，勇终于寻了个地儿住下来。开荒种地，自给自足，山下的好心人不时送来米、面、油、衣服，生活虽然简朴，却并不难过。难过的是内心，愤怒与羞辱在心中如奔涌的江水，日日不停，令他

寝食难安，终日长吁短叹。

与勇比邻而居的是一位七十多岁的老者，每天浇花、种地、饮茶，怡然自得。一位老人孤独地生活在这里，却能做到这般潇洒，定有他的过人之处。勇忍不住找到老人，欲向他诉说自己的苦恼。

"你不用说了，我都知道。"老者说。

"您都知道？知道什么？"勇惊讶地问。

"有人做了对不起你的事，你受到了伤害，心中郁结着愤怒、痛苦，终日不得安宁。"

"您说得太对了。"勇不禁对老者佩服得五体投地，"求您指点，我该怎么走出痛苦？"

"你就把你的内心当成你的小屋，"老者指着勇自己搭建的小木屋，"像对待你的小屋一样对待你的心，自然就能得到解脱，获得安宁。"

这两者之间有什么相同的呢？勇苦苦思索一夜，却找不到答案。

第二天醒来已是半上午，屋外鸟声啁啾。勇起床打开门，瞬间，大片的阳光和清风、花香一起涌进来，勇顿觉神清气爽，屋内闭塞的浊气也悄悄消散。勇突然间醒悟，原来只有打开自己心的门，放下仇怨，才能迎来阳光和清风。

终南山上又多了一位隐者。

# 老　胡

老胡今年四十二，黝黑的脸庞，精瘦的身子，整天拉着三轮车跑生意。和多数人一样，老胡老实本分，没什么能耐，每天从早忙到晚，也不过混个不饿肚子。

这天老胡拉了个远客耽搁了午饭，便急急地往回赶，准备到场西头的豆花店里吃碗豆花，再做下午的生意。刚进场口，就看见前面围着一群人。进去一瞅，地当间躺着个六七十岁的老太太，正"哎哟哎哟"地叫唤。向旁人一打听，说是老太太被一辆摩托车给撞了，司机跑了。老太太可能是伤了骨头，所以痛得叫唤。打120呀！老胡说。老太太说家没钱，不让打，旁人回答。

你们谁行行好，把我送回家吧！老太太边哼哼边说。

没人吭声。

老张，你把她送回去吧！老胡对也是开三轮的老张说。

要学雷锋你自己学去，我可不想沾上这麻烦事。老张回答。

老胡一时语塞。也好，就我送。在众人的帮助下，老胡把老太太扶上车，拍拍咕咕作响的肚皮，老家伙，再忍忍吧！

到老太太家时已经是下午两点了，院坝里几个人正在打麻将。看见老胡背着老人进来，一齐围了上来。

你把我妈怎么了？其中一个男人向老胡质问道。

老胡小心地放下老太太，用衣领擦了擦颈边的汗水，然后说，不是我，你母亲是被一辆摩托车撞倒了，我好心送她回来，不信你问她。

就是他把我撞了的！老太太颤巍巍地对儿子说，然后又指着老胡，你得赔我医药费！

还没等老胡明白过来怎么回事，啪！老太太的儿子一拳打在了老胡脸上，把他打了个趔趄。见势不妙，老胡爬起来撒腿就跑。

挨了打的老胡遭到了场镇上全部人的嘲笑，笑他一把年龄了，不懂人情世故。以后遇见这种事千万别管了，老张说，现在的人坏得很，你救他一条命，他不但不感谢，还想在你身上捞一笔！

老胡挠挠头，嘿嘿干笑两下，不说话。摊上这种事，他心里也犯堵。

事有凑巧，不到一个星期，老胡又遇见了事儿。

那天他拉着两个客人经过水库，突然听见水库边几个孩子慌慌张张地喊救命，再一看，水库里一个小脑瓜一冲一冲的。老胡急忙停车，来

不及给客人打招呼，几步冲到水库边，甩掉皮鞋，"咚"一声跳了下去。

落水的是个十一二岁的男孩，长得挺胖，老胡一只手抱住他的腰，另一只手奋力划水，慢慢地游到岸边。岸上已经聚集了一大堆人，大家七手八脚地把他俩拖了上来。

一番抢救之后，小孩醒了过来，老胡这才顾得上找自己的三轮车和皮鞋，三轮车还在，客人早已经下来了，一个劲儿地向他竖大拇指，可皮鞋却不见了。

现在这个社会不行了，都是自己顾自己，赶不上以前啰！老张摇着头对老胡说，现在的人，自私自利，不整人害人就不错了，没有几个像你这样好心的。

不管咋说，孩子的命该救吧！老胡不服气地说。

命是该救，可终归你不但没得到回报，还损失了一双鞋。老张说。

几天后，老胡、老张正在场口等生意，忽然几个人敲锣打鼓地过来了，原来是小孩的父母打听到了老胡的地方，特意感谢来了。

谢谢您！没有您就没有我家川川的命！小孩的父母眼含热泪给老胡鞠了一躬。老胡第一次受到如此高的礼遇，又有那么多人看着，紧张得手脚都不知该咋放，只嘴里一个劲儿地说，不用谢，不用谢！

小孩的父母把老胡邀到茶馆里喝茶，悄悄塞给老胡一个信封。大叔，谢谢您救了孩子一命，这是两千块钱，一点小意思，请您收下。一对年轻人诚挚地说。

老胡慌慌地摆手说，菩萨说救人一命胜造七级浮屠，这还不是应该的吗？

您救了孩子的命就等于救了我们全家的命，孩子没了我们也活不下去，小孩父亲说，我们家条件还不错，这点钱真的只是小意思，请您无论如何一定要收下。

不扯这个！不扯这个！老胡摆着手，任凭两人怎样劝说、恳求，就是不收，小两口没了办法，只好千恩万谢地离开了。

这一幕被茶馆里的茶客们看到了，其中好些都是老胡的熟人，纷纷

骂老胡呆、傻。又不是偷的抢的，人家自愿感谢你，凭啥不要？真是个傻瓜！老李说。

凭啥啥事都要扯报酬？老胡不耐烦地说，我不过是看见别人有危难的时候帮忙搭把手，这种小事谁都能做，谁都该做，有啥子值得扯东扯西的。

茶馆里忽然就静了下来，大家没了言语，似乎都在想着什么。

# 回　家

头顶着晚霞，苏副市长踏上了回乡的小路。血红的日头已经沉沉欲下，被蒸烤过的大地却依然翻起层层热浪，搅得苏副市长的心烦躁不安。

就在上周，他一脚跨出了红线，却不知是福是祸。天成公司的王总就市政建设工程招标的事来拜访他，王总走后，他在他送来的报告书里发现了一串钥匙，确切地说，是房子钥匙，一百六十平方米的跃层！他的心咚咚跳得厉害，没有像往常一样将钥匙立即归还，他想到了年迈的父母，把他们接来享一享天伦之乐，不是做儿子应尽的孝道吗？

钥匙留下了，可是他的心再难安宁，走哪儿都仿佛有两只眼睛在后面盯着自己。这件事他跟任何人都没说，包括妻子，他无法预测妻子知道后会做出怎样的反应，欣喜？惊恐？抑或悲伤失望？后天就是宣布中标单位的日子，他越来越惶恐，接到父亲得病的电话，便独自一人匆忙回家，顺便理一理纷乱的思绪。

翻过几座山，终于又望见了横卧在山腰的那个小村庄。村里一家家还是土墙青瓦，有的墙壁已开始裂缝，长出几茎野草，他不禁有些气馁

和自责，这几年经济建设搞得轰轰烈烈，为什么在这儿就寻不到半点影儿呢？

"爸，我回来了。"他跨进家门，将一大包补品放在床头。

"回来啦。我叫你妈不要跟你说，她非要跟你说，耽误你办大事了。"父亲半躺在床上，干瘦的脸上挂满不安，又嗔怪地瞪着老伴："老大是公家人，全市几百万人的事儿都得他操心，就这点小病你还拖他后腿，真是不知轻重！"父亲喋喋不休地埋怨着。母亲只是笑眯眯地看着儿子不吭声。

"爸，妈，我想明年开春把你们接到家里，享享天伦之乐，你们看好吗？"

"不用，我们住得挺好的，何况你的房子也不宽敞。"母亲说。

"我可以把住着的这套卖了，再去买套宽点儿的，城里买菜逛街看病总方便些。"

"没这个必要，我们在这儿住惯了，挺开心的，乡里乡亲的也熟。"父亲说，"你不要老说城里好，老想着让我们享受什么，我和你妈不图那些，只求脚底踏实，心里亮堂！你自己也要注意，别学那些贪官净讲享受，把自己整得跟暴发户似的，咱苏家在乡亲们面前丢不起那个脸。"父亲的脸色变得严肃起来。

苏市长的脸一阵发烫。

"苏市长回来啦？"门口传来声音，是隔壁的李二叔。

"李二叔，您老别这么叫我，还是叫我小苏吧。"苏市长忙给他端过凳子。没几分钟，来了一大帮邻居，挤满屋子。

"这两年大家日子过得怎么样？"苏市长问。

"比以前好多了，打工的打工，种地的种地，大家的腰包都更鼓了，日子过起来也更有滋味了。"村支书老刘说道。

"是呀，现在不交农税，国家还倒贴钱给咱们。"李二叔接过话头说道。

"要说这种地不上税还倒拿钱还真是大姑娘上轿——头一回啊，说到这个，还得感谢苏市长您啊！"村中最年长的王大爷捻着胡须。

"您老搞错了，这跟我有什么关系呀，是国家的政策好，我们只是执行者。"苏市长笑着说。

"您是市长，您不就代表国家吗？当然得感谢您了。"

"就是。"一片赞同之声。

苏市长的心中一凛。

"大爷，大妈，你们真是养了一个好儿子，为我们村争光啊！"

"哪里，哪里。"父亲母亲满面笑容接受着乡亲们的赞誉。

送走乡亲们，父母的脸上还挂着满足的笑容，而苏市长的额头上竟爬满了密密的汗珠。

"爸，妈，既然没什么事了，我想连夜回城，办一件大事，迟了恐怕不行。"苏市长说。

"好的，快回去吧，公家的事要紧。"父母急忙说。

乘着清凉的夜色，苏副市长轻快地踏上了回城之路，柔柔的微风送来四野谷粒的清香，沁人肺腑，回家真好！

# 傻　　儿

傻儿大名叫啥，村里已没人知道了。傻儿原先也有名儿的，只因在三岁时发高烧，父母忙着干包产地，没空来理他，体温飙到四十多摄氏度，后来虽经医生抢救保住了小命儿，但从此脑壳就不灵醒了，如痴若傻，村里人便都呼其为傻儿，没了正经名儿。

傻儿慢慢长大了，面相倒是不难看，浓眉大眼宽额头，身高也够尺寸，只是背上像背了个磨子，天天干挑水的活儿，压的。唉，造孽呀！村里人看着他大虾似的身子感叹道。

傻儿头上有个哥哥，比他年长三岁，傻儿二十岁时，嫂子进了门。每天进进出出，傻儿就冲着嫂子傻呵呵地乐，一张嘴，一股恶臭气味，嫂子就觉得胃子翻，有东西直往喉咙冒。嫂子就皱眉头，就冷着脸骂滚开。三个月后，嫂子放出话来，要么傻儿单过，要么自己单过。傻儿的爹妈苦劝几回无效，只得另给傻儿盖了一间茅草屋，傻儿一日三餐和干活时在父母哥嫂身边，其余时候则回茅草屋。唉，谁叫你是个傻儿呢！母亲说，我还要指望着儿子媳妇养老呢。

空闲无事的时候，傻儿最爱往人多的地方凑，弓着身子满地找烟头。见到傻儿来了，最高兴的是小孩儿们，在他身边围成一圈，照例要逗他："傻儿，你今年多少岁了？""五岁。"傻儿说。一坝子的人，老老少少一起哄笑起来。傻儿也笑，露出两排焦黄的牙齿。

傻儿虽傻却不讨厌，哪家有个忙事，喊一声"傻儿"，他就乐颠颠地来了。挑水砍柴、打谷收麦，随便什么事情，他都不推托、不偷懒，完事后一包两块钱的香烟，最多再加三碗稀饭，傻儿就眉开眼笑地走了。开初傻儿的妈还要念几句，后来看到傻儿经常都有烟抽就不管了。傻儿成了全湾子最受欢迎最忙碌的人。

湾子里有几家弱劳力，死了男人的，男人外出打工的，干起重体力活来便有些恼火，不知从什么时候起，这几家每天三挑水的活都不约而同地落到了傻儿的身上。当然，作为报酬，一家每个月给傻儿买两包香烟。

这其中有一户赵姓人家，只有老太婆和孙女小翠两人，自然对傻儿的依赖就更多一些。傻儿每天去挑水，累得呼哧呼哧的，小翠姑娘很善良，总要给他凉一杯开水。傻儿挑完水，小翠就赶忙递上水，"傻儿哥，坐下喝水。"傻儿也不推辞，一屁股坐到板凳上，接过碗，咕咚咕咚，不歇气就喝完了。喝完了傻儿就对着小女孩笑，这可是他在湾子里受到的最高礼遇，不管在家还是在外，傻儿活干得再累，也没人给他端板凳给他凉开水。傻儿说，幺妹，你好乖哟。也不知这句话是跟谁学的。小女孩笑笑，忍不住也问，傻儿哥，你今年几岁了？五岁，傻儿回答，还伸出五根指头比手势。小女孩咯咯笑起来，然后又叹口气，傻儿

哥，你今年二十岁，二十，记住了，不是五岁。傻儿就嘿嘿嘿地傻笑。

天长日久，人们发现，傻儿没事时就爱往小翠家跑，小翠家有活就帮着干活，没活就站在院子里，眼睛一动不动地盯着小翠傻笑。就有好心的婆娘去提醒小翠的奶奶：傻儿一天到黑盯着你们家小翠，怕是有想法哟，这种傻儿啥子事做不出来？小翠的奶奶听了这一说，着实惊吓了一回，连忙叮嘱小翠，不许再理那傻儿，也不请傻儿挑水了。小翠反应却很平淡，只调皮地撇撇嘴，根本不当一回事。

傻儿照例到小翠家来，被小翠的奶奶撵了几次，傻儿终于灵醒了一回，晓得讨人厌了，便不再去了。平时在湾子里碰到小翠，只要她奶奶不在场，傻儿还是要主动凑上去打招呼：么妹。唉，傻儿哥！小翠就甜甜地应答一声。

日子如流水般过。

这一天上午十点过，小翠的奶奶走亲戚回来，看见自家大门紧闭。这个死丫头，太阳晒屁股了还不起床！奶奶边念叨边摸出钥匙打开门。妈呀！屋里一片凌乱，小翠披头散发，身上的衣裤被扯得稀烂，竟悬了梁！

是哪个龟儿子干的缺德事，晓得了一定要捶死他！一湾子的人都捏紧了拳头。

公安来了两趟，查来查去却没个结果。

小翠下葬那一天，除傻儿的大哥进城办事外，其余的人都来了，傻儿也不例外，而且坐在土堆上，号得最凶，引得一湾子的人都朝他看。这一看不打紧，便有细心的人发现傻儿手里攥着一个东西，隐隐约约是一块布。几个大汉上去狠命掰开他的手，果真是一块白底蓝花的碎布，与小翠死前穿的衣服一模一样！

人群沸腾了，雨点般的拳头落在傻儿的头上、身上，傻儿并不躲闪，照旧扯着嗓子干号。

很快，傻儿被抓进派出所，无论警察问什么，傻儿都不接腔，只一脸悲伤地紧攥着那块破布。警察也没了办法。半年后，傻儿死了，病死的，临死前手里还攥着那块破布。一湾子的人都说，是小翠的冤魂缠上

他了，该死！

清明节到了，傻儿的坟上来了两个人，傻儿的娘和大哥，提着丰盛的祭品。

快给你弟跪下！傻儿的娘命令老大。

二娃，娘对不起你呀，你受委屈了！傻儿娘的一双脚也弯了下去。你咋子是傻儿吗？！傻儿的娘扯开嗓子号起来，哭声久久地在大山里回荡。

第四辑

寻找一张脸

# 养老鼠的老头

"瞧，老头一直盯着你呢，老色鬼！"同事小于坏笑着捅捅丁丽。丁丽转头一看，果然那老头又在直勾勾看着自己，丁丽心头一阵恶心和不快，没想到出来玩耍，在休闲山庄门口会有这样破败的小屋，又会有这样一个又脏又色的老头。

午餐时间到了，同事们都欢快地品尝着丰盛的野味。丁丽悄悄地观察着老头，他坐在破烂的藤椅上，头努力向前倾着，似乎想要感受一下冬日难得的灿烂阳光，但阳光被屋檐遮住了，只投在门前覆盖着垃圾的地上，老人又缓缓地缩回头，闭上眼睛，斜靠在椅背上，好像刚才伸头的动作让他筋疲力尽了一样。

这老头中午不吃饭吗？怎么没有一个亲人照顾他？丁丽脑中浮起种种疑问，继而心里一阵凄凉。

一会儿，一个五十多岁的男子端着个饭盒径自进了老头的屋，马上又出来了。他走得匆忙，似乎连看也未看老头一眼。

这边吃饭的人们已兴至高潮，男人们伸着脖子斗酒，一个个面红耳赤像大公鸡，女人们则在旁边煽风点火，呐喊助威。

老头端起饭盒，慢慢往嘴里扒饭，边吃边掉，衣服上椅子上都是，还有一些饭粒沾在了他的胡须上，一抖一抖的，看起来十分滑稽。

几分钟后，老头艰难地站起身，一只手拄着拐杖，一只手端着饭盒，跨出门槛，走两步又停下喘口气，最后在五六米外的一个浅浅的水

沟前停了下来，然后把饭盒倾斜，大半盒剩饭剩菜倒在了地上。

立刻，从水沟里蹿起一群老鼠，欢快地、肆无忌惮地享受起丰盛的美餐来。老头站在一旁安静地看着，脸上竟浮现出一丝慈祥的微笑。

真是个怪物！丁丽想，原先停留在心头的对老头的一丝怜悯顷刻间无影无踪。

看着老鼠吃完饭跳下水沟跑了，老头才慢慢转身回到屋里，坐进远离阳光的那团阴影里，一动不动，眼睛依旧直勾勾地盯着这边热闹的人群。

下午，丁丽和几个同事继续天南海北地闲聊，时不时插进些荤段子，惹得旁边打麻将的人都跟着哈哈大笑。

那老头久久地坐在椅子上，慢慢打起了瞌睡。一会儿，又睁开眼睛，死盯着这边，却不是看丁丽，而是盯住了在院坝里玩耍的几个小孩。

其中一个小孩不小心将足球踢出了大门，顺着路面滚到了老头的门前，小孩怯怯地远远站着，不敢上去捡。老头却拄着拐杖颤颤巍巍挪到足球前，扔下拐杖，一点一点地弯下腰伸出右手去够球。球终于捡起来了，老头双手捧着球，使足力气，笨拙地向前一扔，球扔得并不远。老头咧开厚厚的嘴唇开心地笑了，那笑容里竟带着几分顽皮与狡黠。

小孩们不怕了，就在老头的门口踢起了球赛。老头依旧坐在藤椅里，身体前倾，眼珠追随着皮球慢慢移动，呆滞的眼神有了一丝神采。

踢着踢着，一个五六岁的小男孩绊着石块摔倒了，趴在地上哇哇大哭。丁丽连忙跑过去扶起小孩，弯下腰细细地给他拍膝盖上的尘土。

"乖乖不哭，公公给你糖吃。"一个苍老缓慢的声音响起。丁丽抬头一看，老头手里摊着几颗水果糖，正瑟缩地递过来，同时一股恶臭气味扑面而来，丁丽下意识地捂住了鼻子。

"谁吃你的臭糖！臭老头！"小孩一下跃起身，跑了。

"臭老头，臭老头，养老鼠的臭老头！"几个小孩远远地拍着手跳着脚欢快地叫喊着。

老头摊着糖的手无力地垂了下去，眼里的神采也似乎灭了，透出悲

哀之色。

丁丽心里泛起一阵辛酸："老人家，我扶你回去吧。"丁丽说。老头却不理会，径自转身，蹒跚地挪回小屋，坐进那团阴影里。目光恢复了呆滞，好像望着山庄，又好像什么也没望。

趁着老板冲茶的工夫，丁丽装作不经意地问道："老板，对面那老头是怎么回事？没儿女吗？"

"有，还不少呢，四儿两女，最小的女儿年纪跟你差不多，你别说，长得还有点像。"老板说。

"那他为什么一个人住在这里？"

"听说是子女家里都不宽敞，就给他寻了这么个废弃房子，不过谁知道呢，兴许是嫌他臭吧！二儿子隔得近，每天给他端饭过来。"

"儿孙们来看他吗？"

"很少来。他身上臭，又莫名其妙地养一群老鼠，没人喜欢他。但是我看他对老鼠的亲热劲儿，就像是把老鼠当儿女来养的。"老板幽幽地叹口气。

夕阳西下，绚丽的晚霞布满天空，一行人心满意足地离开山庄。丁丽回头遥望，在夕阳的笼罩下，小屋显得特别的孤独和荒凉，老头如一尊塑像般枯坐在那里，似乎已坐了千年。

"妈，明天我们全家回来吃豆花，您可要多煮点！"丁丽拨通了母亲的电话。

"知道了。"母亲亲切欢愉的声音响起，一下温暖了整个冬天。

# 第一次抢劫

　　一阵寒风袭来，民工小李缩了缩身子，躲在这个有阴影的角落已经两小时了，双手双脚就像掉进了冰窟窿，又冷又痛。他直起身子，搓手，跺脚，想让身体暖和一点。可恶的老天爷！小李在心里诅咒道。比老天爷更可恶的是人！小李出来打工两年了，没挣到多少钱，却遭了不少罪。两个月前包工头突然消失，眼看着几个月的工资成了泡影，工友们都不甘心，一边找工作一边等结果。金融危机使得很多厂倒闭了，小李没找到工作，还把自己身上仅剩的一点钱用完了，连回家也成了奢望。不得已，他想到了这个办法，寻求回家的路费。

　　第一个打这条偏僻小路经过的是一个挎着小包的年轻女人，女人穿着高跟鞋，挺着胸脯，有节奏地越走越近，小李的心扑通扑通直跳，手心里全是汗，想要站出去，两条腿却像灌了铅一样沉重。时间还不是太晚，万一后面来人怎么办，等下一个吧。小李想。

　　第二次是个壮实的小伙子，他当然不敢拿鸡蛋往石头上碰。

　　第三次是个五六十岁的妇人，按说倒是理想的作案对象，可小李觉得她长得有点像自己五年前过世的母亲，也作罢了。

　　咕，咕，空空的肚子又在叫唤。下一个不管是什么人，一定动手。他在心里暗暗下定决心。

　　有沉闷的脚步声传来，小李急忙蹲下身。借着昏黄的路灯光亮，他看清过来的是一个老头，弓腰驼背，估计年龄应该在六十以上。

　　小李从兜里摸出匕首，这还是他从家里带出来防身用的，鼓起勇气，几步跨到路中间。"抢劫！"他学着电视里的镜头喊道，声音不大，他怕把老人吓坏。

　　老人还是吓得抖了一下，"你想怎么样？"老人说。

　　"把你身上的钱通通给我，不然我就对你不客气！"小李紧张地晃

动着手里的匕首，声音有些颤抖。

老人抖抖索索地从上衣口袋里摸出一个皮夹，递给小李。小李把它打开，里面有三百来块钱，足够他回乡的车费了。

"谢谢！谢谢！"小李收起匕首，真诚地给老人鞠了一个躬，转身往南面跑去。

刚跑出几步就听见"咚"一声，小李急忙回头，老人倒在地上，双手捂着肚子，正痛苦地挣扎。

小李连忙跑回去扶起老人，"您怎么了？"他问。

"老毛病犯了，快，快送我去医院！"老人急促地说，豆大的汗珠从老人的脸上滴落下来。

人命关天，小李没有犹豫，背上老人，撒开两腿就往医院的方向跑，跑了一段路，终于拦到了一辆小车。还好，因为抢救及时，老人最终脱离了危险。

老人出院后，为了感谢小李的救命之恩，给他找了一个不错的工作，虽然还是下体力，但是长久、稳定，而且工资每月按时发放。

小李每月都给家里患病的父亲寄钱，自己的日子过得也不错，跟从前比，就像进了天堂。小李感谢老人的帮助，老人说，不用谢我，是你骨子里的善良救了我，也救了你自己。

# 小区盗窃案

清早从床上爬起来，我就傻了眼，衣服不见了！昨晚明明放在床头柜上的，怎么会不见了呢？"我的也不见了！"老婆大叫起来。小偷！我俩同时惊呼，一定是小偷用钩子把衣服钩出去了。意识到这一点，我

的心一下疼起来，衣服里有我准备买冰箱的三千元钱！我俩一边咒骂该死的小偷，一边报了警。

小区里又出了盗窃案，居民们都感到了问题的严重性，大家纷纷猜测作案者会是什么样的人。"我们这儿几十年都很平静，可这个月就被偷了两次，很不正常呀，我看会不会是——"二楼的李太太收住话头，向左边努了努嘴。

小区的左边是一个建筑工地，两个月前开始动工的，二十多个民工终日在那儿忙碌着。

"应该不会吧。"我说。

"那可说不定，他们那儿可什么工具都有。"李太太说。

没有人接腔，但是我知道，他们一定也和李太太抱着同样的心思。

对于这些民工们，我还是比较相信的。他们憨厚、朴实，还很热心。其中有几个晚上在工地上住，每天吃过晚饭都会到这边来休息一下，和居民们拉拉家常。一来二去，大家还挺熟。上回闲聊的时候，我说到家里的下水道堵了，怎么弄也弄不好，一会儿，老王就主动拿上工具到我家来把下水道疏通了，给他钱他死活不要，弄得我怪不好意思的。这么朴实的人，怎么可能跟盗窃案扯上关系呢？

第二天下班回家，正碰上老王从楼下小卖部出来，手里提着几瓶啤酒、几个凉菜。"哟，要请客呀？"我说。"昨天领了工资，改善一下伙食。"老王憨厚地笑笑，"听说你家被偷了，以后可要小心点。"

看老王走远了，小卖部的刘婶拉住了我。"哎，买了那么多东西，还买了两包塔山，不正常呀！大作家，我劝你以后最好还是留个心眼，别被人家卖了还帮着数钱！"

"我就说嘛这民工能那么好心，不沾亲不带故的还帮我们疏通下水道，搞了半天是踩点来了！就你这个书呆子还感激涕零！"妻子对我连埋怨带讽刺。

"人家买点好东西怎么了，就只许你买？！见风就是雨！"我气愤地回敬道。

跟上次小陈家被偷一样，警察来调查了几次没个结果，我只好自认

123

倒霉，期待着有一天奇迹出现，小偷能在其他地方落网。我们这儿是修了比较久的房子，物业跟不上，保安只守白天不管晚上，大家只好自己提高警惕。老王、小张他们照常过来吹牛、摆龙门阵，大家却都不怎么接口，只有我还敷衍几句，次数多了，老王他们或许觉出了异常，就不怎么过来了。

转眼十多天过去了，一天晚上，我半夜起来小解，无意间往窗外一瞥，发现一个人在花台边转悠。我揉揉眼睛，仔细一瞧，那人穿着黄夹克，黑裤子，不是老王是谁？

半夜三更的，他在那儿干啥？莫非是……？想到这里，我心中顿时怒火中烧：好你个老王，亏我那么相信你，竟然做出这种见不得人的事，而且还不罢手！

第二天我就把这个情况向警察反映了。不到一天，几栋楼的人都知道了这事。大家纷纷提高了警惕，连晚上睡觉都睡不踏实，总要起来看几遍，没有装防护栏的人家也连忙把防护栏装上了，甚至连以前总爱打扮得花枝招展的姑娘媳妇们也改了性子，不再穿薄、透、露、短的衣服了，怕有人见色起意。老王他们似乎也知道了大家的态度，再也不过来耍了，买东西也宁愿走远路到东头的小超市去买。

整整三个月，楼房里的人们没有再和民工们说过一句话，当然，也包括我。眼看工程快结束了，案子还没有破，我不由得十分焦急。三千块呀，这可是我不吃不喝两个月的工资，何况老婆还一天到晚埋怨我不该放那么多钱在口袋里，更不该引狼入室。这段时间，我留意观察，半夜又看到过老王两次，不仅是老王，还有小张、小赵。也许他们会在走前再做一票也说不定，想着这事，我翻来覆去睡不着觉。

"抓贼呀！"楼下忽然传来喊声，我一跃而起，噔噔噔，光着脚丫就冲到了楼下。小偷已经被抓住了，而抓住小偷的正是老王和小张。

领回失物那天，正是老王他们搬家之时，我和妻子买了两条塔山送给老王和小张，他们却死活不要。"这点小事，送什么东西呀？小偷本来就是人人喊打的嘛。"老王憨厚地说。

"以前我们对你们的态度不是很好，对不起！"我鼓起勇气说道。

"这个我知道，你们是误会我们了，不过现在好了，真正的贼抓到了，你们安心了，我们也安心了。"老王诚恳地说。

我和妻子的脸一下变得通红。

# 我 是 英 雄

赵亮是一个瘦小枯干的男人，还特胆小，逛街遇见打架斗殴的都要绕道走，就连家里杀个鸡鸭什么的也是老婆亲自操刀，周围的人便说，瞧，这个胆小鬼，简直不是个爷们。赵亮自己也很苦恼：啥时我也能像个爷们呢？

就是这样一个胆小的人，偏还当了回英雄。

那天下午赵亮下班回家，刚拐进一条偏僻的胡同，就听见有人喊救命，他仔细一看，前面二十来米远的地方，有一个五大三粗的男人搂着一个十七八岁的姑娘，男人正用手撕扯着姑娘的衣裳，姑娘一边拼命挣扎，一边向赵亮大声呼喊："救命啦！大哥救救我！"搁在以前，赵亮肯定会拔脚离开，可是今天他却挪不动脚步了，女孩凄惨的呼救声像铁锤，一下一下地撞击着他的心。

"住手！"赵亮大吼一声，声音响亮得连自己都吓了一跳。那歹徒一愣，抬眼一看是个小个子，便放开女孩，甩甩手，狞笑着朝赵亮扑来。

赵亮壮壮胆，捏紧拳头使尽平生力气一拳向歹徒打去，被对方轻轻让过，歹徒顺势一拉，把赵亮摔了一个嘴啃泥。歹徒挥起拳头，对着赵亮一阵猛打。

几分钟后有路人拨打了110，远远地过来了两名警察，歹徒急忙

停手。

"你们俩怎么回事？"警察问。

"他偷我钱包，被我发现了，所以就教训了他一下，对这种人不能手软。"歹徒来了个恶人先告状。

"胡说！是他想侮辱一个姑娘，我为了救那个姑娘，所以才被他打伤了。"赵亮捂着身上青一块紫一块的伤疤说。

"姑娘在哪里？"警察问。赵亮赶忙四下一望，哪儿还有姑娘的影子。

"拜托，编瞎话也别编得太离谱了！"歹徒冷笑着说。

赵亮气得差点背过气去。

赵亮因为受伤不轻被送进了医院，亲戚朋友、单位同事纷纷前来探望，一个个都语重心长地叮嘱他：小赵呀，以后遇到歹徒直接把钱给他就是了，你身子单薄，人又胆小，犯不着拼命。

"不是我被抢劫，是一个姑娘遇到色狼，我为了救她才受的伤。"每次赵亮都耐心解释。

"哦，原来是英雄救美！可是怎么没看见美女来看你呢？"

一句话噎得赵亮脸红一阵、白一阵，再也说不出话来。

大半个月过去了，伤还没有完全复原，医药费已花掉了好几千，因为没有目击证人，警察只得将案件定性为一般打架事件，赵亮整天唉声叹气，任老婆怎样解劝也无济于事。

这一天赵亮从医生办公室回来，推开病房门，突然看见一个男子正鬼鬼祟祟地站在床边，手里捏着一个信封。听见推门声男子吓了一跳，把信封往床上一扔慌慌张张地要走，被赵亮拉住了。

"你是谁？信封里装的什么？"赵亮问。

"听，听说您是英雄，我很佩服您，所以特地来表示一点小意思，希望您能接受。"男子结结巴巴地说。

赵亮打开信封一看，里面放着三千元钱。

"钱我不要，但是请你帮我带一个东西回去。"赵亮抓过纸和笔，刷刷刷写下两行字，塞进信封，递给男子。

三天后，派出所雷霆出击，歹徒被绳之以法，赵亮也高高兴兴地出院了，英雄的美誉传遍了大街小巷。一群哥们儿整天围着赵亮，听他讲演"英雄救美"，都追问赵亮到底在纸条上写了什么，能够使姑娘大胆出来做证。赵亮被缠不过，只好如实交代纸条上的内容：色狼摇身做英雄，我本英雄变狗熊！只缘姑娘胆太小，冤枉好人纵真凶！

# 寻找一张脸

换上新衣服，背上挎包，大牛精神饱满地出门了。他要去寻找一张脸，一张能让他留下来的脸。

大牛是一个月前来到这座城市的，老乡给他介绍了一个开电梯的工作，不费力，不费脑，每月工资两千，比乡下种半年地收入得还多，按理说挺美的事，可他却老觉着憋得慌。大牛是一个爱笑的人，不管生活多累多苦，每天嘻嘻哈哈，和邻居们说说话、逗逗乐，日子就快快乐乐地过下去了。可现在不行，现在每天开电梯，人倒是见得不少，可没人理他，不管他笑还是不笑，没人在意，仿佛他是隐形人。

城里人咋这样呢？不管认不认识，笑一笑会死啊？这样的日子过着难受，大牛想走，又有点舍不得，毕竟这儿钱多。掂量来掂量去，大牛最后决定，干脆上街逛逛，看看城里人到底有没有会笑的，如果没有，他就回乡下；只要有一个人愿意回应他的笑脸，他就选择留下来。

站在街头，望着来来往往、行色匆匆的路人，大牛有些不知所措。路边两位六十多岁的老太太引起了他的注意，她们提着菜篮子站在那儿开心地聊天。就从这开始吧，大牛做了个深呼吸，走到俩老太太跟前，习惯性地咧开嘴，牵出一个憨厚的笑容。俩老太太警觉地瞅瞅他，互相

递个眼色，牵着手慌慌地走了。

"听说现在坏人手段可多了，你不能理他，一理他就被他迷了。"一位老太太的话远远传来。

被当成了坏人，大牛自嘲地笑笑。

前面有一个卖化妆品的小店，店里的美女正在忙着聊QQ。大牛扯扯衣服，走过去，刚站到店门口，美女就开口了："搞推销的吧，赶紧走开，我这儿不缺东西。"

"不是。"大牛急忙分辩。

"不是什么，走走走，别挡着我做生意。"美女不耐烦地挥挥手。

两次受挫，大牛心一横，索性不走了，站在街中心，冲着每一个迎面而来的人微笑。我就不信没一个人回应我的笑容，大牛倔强地想。

正是半上午，街头过往的人倒真是不少，或独自一人或三五成群。有的步履匆匆，根本没注意到大牛的笑容，有的则露出诧异的表情，不过也只是留给他匆匆的一瞥，更多的则是对他的笑视而不见，冷漠地绕过他身旁。一位二十多岁打扮入时的美女，走过几米远了又突然倒回来，瞅瞅大牛，又睁大美丽的眼睛四处瞄，边瞄边嘀咕："摄像机呢？""什么摄像机？"大牛好奇地问。"电视台的摄像机啊？你们不是在做节目吗？""电视台？做节目？"大牛被弄得一头雾水。看看周围确实没摄像机，美女扔下一句"神经病"，失望地走了。

大牛沮丧地蹲下身子。

"叔叔，你是不是迷路了？"一个清脆的童音响起。大牛抬起头，眼前站着一个四五岁的小男孩。"你要去哪儿？我给你指路。"小男孩说。

"小朋友，谢谢你，我没有迷路。"大牛感动地说。

"没有迷路，那你为啥一直站在这儿傻笑呢？有事你就打110吧，警察叔叔会帮助你的。"男孩摆出一副老练的样子。

"唉！"大牛无奈地摇摇头。

大牛垂头丧气地往前走，来到一小巷，前面一个打电话的男人引起了他的注意。那人手拿电话点头哈腰，一张脸笑成了一朵花儿。接个电

话能笑成这样，一定是个懂礼貌爱笑的人吧，大牛心中升起希望，便耐心守在一边，等着男人结束通话。男人发现了大牛，往前走了十来步，停下，接着打。大牛也往前走十来步，停下，接着等。男人一回头，看见大牛还跟在后边，把电话挂了。大牛迎上去，咧开厚厚的嘴唇，冲男人灿烂地一笑。

"你想干啥？"男人紧张地往后退。

"我不想干啥，只是希望你能对我笑一下。"大牛委屈地说。

"您别耍我，我身上钱不多，"男人从口袋里摸出一沓钞票，"要不我把手机也给您，您可千万别乱来。"男人头上冒着冷汗。

"怎么会这样？"大牛无奈地对着天空大吼。

整整一天，大牛没有收获到一个笑容。

第二天，大牛登上了回家的火车。他不明白乡亲们怎么会一批又一批地来到这里，也不明白这些城里人长年累月是怎样熬过来的，这哪是人过的日子，大牛想。

# 桂　花

桂花哼着歌儿推开家门时，眼前的一幕把她吓住了：母亲躺在床上连声呻吟，父亲蹲在一旁愁眉不展。

妈，您毛病又犯了？桂花慌慌地扑到母亲床前。

梅梅，母亲用颤抖的手缓缓地抚摸着桂花的脸颊，妈不行了，你们给我准备后事吧！

不，您一定会没事的！我们送妈妈去医院吧！桂花对父亲说。

去医院，哪来钱？！父亲叹口气。

真的一点钱都没有了吗？桂花近乎乞求地望着父亲。

父亲点点头。

妈妈，您再忍忍，我这就去找李旺。桂花说。

不，不要，我宁愿死也不愿你嫁给那个丑八怪。母亲痛苦地喘息着。

还不快去，没见你母亲病得这么厉害？还在这儿啰唆什么！父亲吼道。

桂花含着泪跑出家门。

李旺长得丑，远近闻名，身子像个冬瓜，脸像茄子，三角眼，大塌鼻。可就是这个男人，两个月前上门来提亲。桂花堵着门不让他进，父亲却粗暴地把她拉开了，没办法，李旺手里提着一块肉，两瓶罐头，这些都是了不得的好东西，农村人想都不敢想，对有城市户口的李旺来说却不算个啥。

没有同母亲和自己商量，父亲就答应了亲事。桂花气得直哭，母亲也反对，却毫无办法，因为在家里都是父亲说了算。

桂花揣着满腹心酸，没有直奔李旺家，而是拐个弯儿，敲开了王小平家的门。桂花不愿嫁李旺的另一个原因就是王小平，和李旺相反，王小平长得高大英俊，人也机灵活泼。两人好了快半年了，没有结婚是因为王小平家穷，比桂花家还穷。桂花和李旺订亲后，两人仍偷偷来往。

怎么了，分开才一小会儿，又想我啦？王小平捏捏桂花的脸蛋，满腔柔情地问。

我妈的毛病犯了，我必须送她去医院，你们家有没有三百块钱？我马上要！桂花着急地说。父亲告诉她，母亲的手术至少要三百块。

我家的情况你是知道的，别说现在，你就是给我一年时间我也拿不出来。王小平蹲在地上，痛苦地抓扯着自己的头发。

那，我们的缘分只能到此结束了！桂花哭着挣开王小平的怀抱。

桂花来到李旺家，说明缘由，李旺立刻翻箱倒柜，把家里的钱全找出来交给桂花，然后跟着她往家跑。

还没进门便听见哭声，桂花的母亲躺在床上，已经没有了呼吸，床边扔着一只破碗。原来，为了桂花不嫁给李旺，母亲趁父亲不在的时

候，喝下了老鼠药。

桂花扑在母亲身上放声痛哭。

半年后，桂花和王小平结了婚，生了个漂漂亮亮的女儿。女儿满月那天，桂花抱着她到了母亲的坟头。娘，谢谢您，用生命成全了我的幸福！跪在坟前，桂花泪如雨下。

为了改善家里的日子，脑筋灵活的王小平主动进城打工，留下桂花照顾老小。几年后积攒了一笔钱当起了小包工头。

钱挣多了，王小平也学会了享受，抽烟、喝酒、打牌，样样都来。桂花有时轻言细语说两句，王小平便来气：钱是我挣的，我想怎么花就怎么花！

城市户口的优越性早已荡然无存，李旺仍孤身一人，在镇上摆了个修鞋摊，每天早出晚归，艰难度日。每次看见他，桂花总会有一些不自在，毕竟当初自己悔婚，给他带去伤害。

王小平的生意越来越火，钱越挣越多，在乡下修了两层小洋楼，又在城里买了一套房。桂花想进城，王小平不让，说老人孩子需要你照顾，你到城里来做什么，生意你又不懂。

不仅如此，王小平还经常借口生意忙不回乡下的家，偶尔回来，吃顿饭、放下点钱就走，倒像是个旅客。婆婆是个聪明人，婆婆说梅啊，去看看吧。桂花噙着泪，点点头。

桂花打开城里"自家"房门时，屋里的景象印证了她的猜测，一个陌生的二十来岁的妖娆女子和丈夫正搅在一起。见到桂花，丈夫并没有表现出慌乱，而是拿出一张纸，递给她。纸的上端一行黑体大字灼得桂花的眼生疼：离婚协议书！

桂花是带着伤离开那座房子的，她打了那个不要脸的女人一巴掌，却被丈夫一阵拳打脚踢。自己这个样子怎么见女儿、见公婆？自己活着还有什么意义？浑浑噩噩中，桂花扑通跳进了村外的水库。

桂花没有死成，她被救了起来，救起她的不是别人，是李旺。见桂花伤心欲绝，李旺心痛地直用拳头砸地，骂王小平真不是个东西，守着这么好的老婆不知道珍惜，还去……要是我，一定当宝贝护着。李旺哽

咽着说。

桂花推开李旺，跌跌撞撞地来到了母亲的坟前。

妈……妈……

桂花撕心裂肺地哭喊着，声音久久地在山里回荡。

# 到　　站

这一日，干瘦矮小的刘宇穿着笔挺的西服上了公交车。车上稀稀落落地坐着几个人，他一眼瞥见一个扒手正在"工作"，那扒手三十多岁，身体壮实，西装革履，染个黄毛，一只手用衣服遮着，手指正从邻座女孩的包里慢慢拉出一个黑色皮夹，女孩欣赏着窗外的风景，毫不知觉。刘宇略一思索，掉开脸，径直走到后门第二排空位上坐好。

车子摇摇晃晃地行驶着，像唱着催眠曲，刘宇身子靠在椅背上，双手抱在胸前，慢慢打起了瞌睡。黄毛一阵窃喜，忙挪到了刘宇后面的空位上，从衣兜里掏出一把小刀片，手从椅子中间的缝隙里伸过去，估摸着上衣口袋的位置，轻轻地移向刘宇的衣服。突然，刘宇的右手向后一伸，一下捏住了黄毛的手和刀片。"你干啥子？"刘宇喊道。"哎哟！"黄毛叫起来，原来刀片划到他的手了，他连忙把手缩了回去，迅速从衣兜里摸出一张"邦迪"贴好。

"你喊啥子，又没有取到你的！"黄毛很是生气，"我也是没得办法，再说就算取到了，只要是你看见了，我也会还给你的，这点道德我还是有的，你还要使劲喊，大家都是年轻人，何必嘛！"

"好好好，我不喊了。"刘宇赶紧说。

"还有你还把我的手都弄出了血，幸好我早就准备了邦迪。这次就

算了，下次再这样……"黄毛晃动着粗大的手臂。

"下次不这样了。"刘宇缩着头赶紧说。

车到了一个站，刘宇邻座下了，黄毛走上来，一屁股坐到空位上。"小子，我想通了，你小子一定是假装打瞌睡的，不然咋子我一工作你就晓得了，还敢耍我！"黄毛说。

"大哥，你误会了，我真的是打瞌睡，只是还没有睡熟，我哪里敢耍你。"

"这还差不多。"

车又到了一个站，上来了很多人，黄毛运气不错，接连捕获两个"猎物"。"师傅，停车，我要下。"刘宇喊道。

"你脑壳晕了呀，又没到站，你喊啥子？"黄毛说。

"到站了，"刘宇说，"不是我到站了，是你到站了！"刘宇一记快速的擒拿手，把黄毛双手反剪，然后从腰间取出一副锃亮的手铐铐好，招呼那女孩和另外两个丢失钱包还蒙在鼓里的乘客下车。

"原来你小子是警察，你从一开始就在耍我！"黄毛愤怒地说，"你还很可恶，我摸那个小姑娘的荷包的时候你不抓我，要等到我又摸了几个，欢欢喜喜要下车了才抓我！"

"不是才到站吗，我也是没得办法，想俭省点车钱。"刘宇指着几步之外的派出所，笑着说。

# 义　士

明朝末年，绍县地区活跃着一股盗匪，专拣月黑风高之夜，翻墙入室，盗取金银财宝。若遇事主阻拦，便刀剑相向，伤人性命。城东朱财

主一家五口就死在这伙盗匪手中。周围民众皆受其害，怨愤之声四起，那些有钱的大户人家更是惶惶不可终日。无奈官府数次缉捕，皆因对方神出鬼没，无功而返。

不得已，官府一面加强夜晚巡逻，一面派人去省府请名捕头方达，求他出手，以解绍县民众危难。

方达快马加鞭来到县城，并不休息，立即找来一干知情人了解情况，得知这伙盗贼有七八人，每次作案皆青纱蒙面，唯为首之人左腿残疾，其手下唤之"柳哥"。

方达挎上宝剑，独自一人在城里城外转悠了几天。之后便吩咐捕快们将县城内平日里喜欢为非作歹、游手好闲的人悉数缉捕，连续几天几夜单独审问，最终查出其中七人正是大盗，签字画押，只等秋后问斩。

县城又恢复了往日的平静，县太爷亲自摆上酒席对方达表示谢意。捕快和兵士们忙碌了几个月，也终于睡上了一个好觉，再也不必夜夜巡城了。谁知这天深夜，城北李员外家黑影连闪。早上一家人起来一看，屋内一片狼藉，盗匪将值钱的东西洗劫一空。李员外连滚带爬来到县衙找方达，方达却不在房内。

此刻，方达正带着几十个捕快、兵士，围在城北黑山一个隐蔽的山洞前，指挥大家往洞口处添柴火，柴火堆满，方达一摆手："点火！"立时浓烟四起，直往洞内扑去。片刻，里面便传出此起彼伏的咳嗽声、骂娘声。

待里面的人熏得差不多了，方达方带人进去，人赃并获，共抓捕了八个匪徒，独漏掉了匪首柳哥，原来作案后他便挑了一些珠宝独自走了。

方达巧计抓捕盗匪之事立时在城中传为神话，连县太爷都拈着胡须，追问方达何以如此神机妙算，知道他们得手后将藏身于该洞内，方达笑而不语，同时吩咐手下城内城外严密搜查可疑人等，特别是腿有残疾之人，务必将匪首捉拿归案。

这一日，方达正在房中思索如何抓捕柳哥，忽然手下送来一封信，方达打开一看，信内珠圆玉润几行小字：汝若想抓捕于我，明日午时

观音庙见，汝只许一人前往！落款：柳哥。捕快们认定此为陷阱，劝方达多带人手，方达朗笑曰："想我一堂堂捕头，岂会惧怕此等小小蟊贼？"

这是一座早已破败的古庙，庙门斑驳不堪，墙体遥遥欲坠，比十五年前更加萧索。方达长叹一声，轻轻推开庙门，发现观音佛像前的蒲团上跪着一个人，方达急忙抽出宝剑。那人缓缓站起，左腿明显短了一截，正是柳哥！柳哥转过身来，蓦然断喝道："方达，你还认得我吗？"

方达一怔，细细端详之下，猛然丢开宝剑，拜伏于地："恩公在上，请受方达一拜！"

原来，方达自幼父母双亡，独自流浪，为了生存，染上了偷盗的恶习。十五年前他才十四岁，流落至此。那一日，方达到一户人家盗得一些银两，并顺手拿了几幅字画，却在出门时被恶狗咬伤。方达一瘸一拐来到这庙中，又累又饿，晕倒在门口。恰逢柳林赴京赶考途经此庙，柳林拿出自带的干粮，救活了方达，又给他清洗、包扎伤口，并讲了诸多"大丈夫行走于世，当顶天立地"的道理。方达此前受尽白眼，此番蒙柳林相助，分外感动，发誓改掉恶习，重新做人。

第二天清晨，方达决心前往京城投奔远亲，为了报答柳林的救命之恩，特将字画留赠，并谎称系祖上所传之物，柳林欣然收下。此后方达洗心革面，认真做人，才有了目前这番光景。

十五年前的一段奇缘，方达时刻铭记于心，总想着有朝一日好好报答恩人，没想到今日相见却是这样一番情景。

"恩公，你，你怎会落到这般田地？"方达问道。

"这都是拜你所赐！"柳林怒声喝道。

"这又为何？"方达不解。

"你当年偷人钱财，却将画留给了我。你刚离开，失主就找到庙里，见我手中有画，强诬我为盗贼，将我的左腿打断！我再无法去京城赶考，亦无颜回乡，只得四处漂泊，乞讨度日！"话至此，柳林已泪流满面，"后来，我结识了一些为非作歹之徒，每每为他们出谋划策，被

尊为老大，他们心狠手辣，我亦受牵连，背上血案，不过朱财主一家五口确是我执刀杀害！"

"你为何要下此毒手呢？"话才出口，方达已猜出了答案，背心不禁阵阵发冷。

"只因他就是当年打断我左腿之人，亦是你偷盗的主家！"柳林冷笑道，"我自知已难逃脱你布下的天罗地网，只是不知你将对我如何处置？！"

方达静立良久，慨然道："你身负血案，为害一方，我定将你处决！你救我命，且你祸事皆因我而起，故我必以死谢罪！"……

方达死后，绍县民众感其恩义，集资为其建庙塑身，尊为义士。庙内整日烟雾缭绕，香火旺盛。

# 勇　气

很久没有对着镜子了，她的心有些忐忑，仔细端详，镜里的自己额头上已刻下了细细的鱼尾纹，皮肤也有些松弛，昔日清澈的大眼睛早已蒙上了一层灰暗。想当年那也是一张青春亮丽的脸庞啊，也迷倒过不少的痴情少年！她不由得叹口气，细细地描了描眉，又涂了点口红，一番收拾，脸又生动了许多。她提着包出了门。

A君是开着宝马车来的，十五年没见了，没想到他混得这么好。更没想到再次见面，会是自己主动约他。命运弄人，想当年自己可是骄傲的公主，围着自己打转的男生不下一个排，他也是其中一个，每天对她嘘寒问暖，跑前跑后，最终她选择了别人，令他伤透了心，甚至毕业后放弃了分配，一个人远走他乡。

眼前的A君气色红润，皮肤也保养得好，看上去比实际年龄小了许多。

"十五年没见了，你好像没什么变化，还是那么年轻。"她说。

"是吗？但是你变了，"他笑着说。她沮丧地垂下头。"变得更成熟，更有魅力了。"

她微微苦笑。

"这些年过得还好吗？"他问。

"说不上好也说不上坏，只是前年下岗了，儿子又上中学，日子要难一些。"

其实不用说也能看出来，她粗糙干裂的手掌、朴素的着装以及脸上隐隐的皱纹，都昭示出她生活的艰辛。

"你现在找到工作了没？要不到我公司来吧，我高薪聘请你。"

"真的吗，那太好了，谢谢你！"她十分高兴，脸上露出感激的笑容，"现在像我这个年龄，找工作挺难的。"

"你约我就是为了这事吗？"他问。

"也不全是，老同学，叙叙旧嘛。"

他们边吃饭边谈起往事，那是一段令人难忘的多姿多彩的青春时光，现在回想起来，仍然是那么的温馨和亲切。

"这么多年了，我还是没有忘记你！"几杯酒下肚，A君冲动地拉起她的手。

"不要这样，我们都是各自有家庭、为人父母的人了。"她轻轻地把手拿开。

"我早就离婚了，你也离吧！经过这些年的打拼，我的事业可以说是如日中天，房子、车子、票子，所有该有的我都有了，难道还不值得你爱吗？"他激动地说，"相信我，一定会给你幸福的！"

"对不起，我不能。"她摇头，拒绝了他的请求。

回到家，丈夫和儿子正等着她。

"找到工作了吗？"两人一齐问道。

"找到了。"她微笑着回答，丈夫和儿子都开心地笑了。

"是做什么？累不累？"丈夫关切地问。

"不累，办公室的工作。"

"那就好。"

"吃药了吗？"她问丈夫。

"吃了，感觉好多了。"

"我再帮你按摩一下，这样舒服一点。"她俯下身子，轻轻地揉捏着丈夫残缺的双腿……

每天在A君热切的目光下穿梭，她有些不习惯，也很不安，但是她工作得很认真，从来不出一点儿岔子，还经常主动加班。相应地作为回报，她也能拿到高额的工资和加班费，比同事的要高出很多。

平静的日子过了两个月，A君开始找各种借口约她吃饭，被她婉言拒绝了，A君的脸色阴沉了好几天，她的心也悬吊了好几天。

很快，公司里流言四起，大家都在悄悄议论着她和A君的暧昧关系，看得出来，他表面上不动声色，心里却暗暗高兴。没办法，她只好硬着头皮，继续在同事们复杂的目光中忙碌。

转眼中秋节到了，A君以一个人在这个城市为由，非要她陪她过节，她只得告诉丈夫要加班。

丰盛的晚餐，香甜的月饼，她吃在嘴里，却觉得苦涩。

"告诉我，你什么时候离婚？"看见她心不在焉的样子，A君冷冷地说。

"对不起，我永远也不会离婚。"她回答。

"那个瘫子他除了给你带来苦难，还能给你什么？他不配做你的丈夫！你离开他，我会给他补偿，够他用一辈子的。"

"请你不要侮辱我的丈夫！还有，不是任何东西都可以用钱来补偿的！"她含着泪低吼，然后跑出了房间。

走在冷清的街头，她的眼前又浮现出五年前的一幕：一辆小车失控，疯狂地向她冲来，走在后面的丈夫一把把吓傻了的她推开，自己却倒在了血泊之中！

想到这事，她心里仿佛又增添了勇气和力量，快到家门口了，她擦

干脸上的泪水，换上了甜蜜的笑容，明天一定能找到新的工作！她对自己说。

# 民 工 小 屋

小区外面的一溜平房里新搬来了一群民工，因为对面要建商场和银行。对于他们，杨月是熟悉的，打一枪，换一地儿，像无根的浮萍，到处迁徙。他们为这座城市添了许多高楼，自己却只能租住在阴暗潮湿的小屋里，甚至连小屋也住不上，而只能栖身于钢条搭架子，四周覆上防水布的简易工棚中。

杨月经过平房时，民工们正在收拾房间，铺床，抹窗，生火做饭。灰尘混着刺鼻的煤味在空气中弥漫，男人女人们边干活边大声说笑，放肆的笑声似乎要冲破云天。

在最后一间小屋前，杨月放慢了脚步。一个七八岁的黑黑的小男孩正端坐在门口读课文，他读得很认真，身子挺得笔直，声音洪亮清脆，比杨月班上最优秀的学生读得还更好，杨月不由停下脚步，远远瞧着。

"终于读完三遍了。"小男孩放下书本，高兴得跳起来，"妈妈，我来帮你扫地。"他从母亲手中抢过扫把，熟练地挥动起来。

看着小男孩充满稚气的脸庞，杨月心里一阵心疼和感动。这么个小不点儿，就知道帮父母分担家务了，自己的儿子成天哄着惯着还不开心，真是穷人的孩子早当家！他这么小跟着父母出来，得受多少苦啊！能找到合适的学校吗？杨月心中不由涌起丝丝牵挂。

"妈妈给我买赛车！我考了96分，你说好的95分以上就奖励，可不许赖皮哟！"一进屋儿子就缠上来。

"好吧。"杨月无奈地点点头，说不清是烦是喜。

第二天从小屋经过，杨月便留心观察。小屋只有十来个平方，放了一张大床和饭桌后空间便所剩无几。小男孩的父母都不在家，闷热的天气，小男孩穿着短衣短裤，正站在屋外的煤炉子前炒菜。他比炉子高不了多少，手挥舞起来便有些吃力，衣服被汗水打湿了，紧贴在他瘦瘦的胸脯上。一张小脸沾了煤灰，混着汗水，黑一道白一道的，惹人怜爱。

"小朋友，你这么小，都会炒菜啦？"杨月惊奇地问。

"我七岁就会了，这有什么稀奇的。"小男孩骄傲地昂起头。

"是你妈妈教你的吗？"

"不是，我自己学的。"

"为什么自己学呢？"

"因为那个时候我在农村，爸爸妈妈都在外面打工，爷爷要忙着割麦子，我饿了，就自己炒了。我炒的第一个菜是土豆丝，放多了盐，咸得要死，吃了两天才吃完，被我爷爷笑了个够。"小男孩眨着眼睛快活地说。杨月不禁笑起来。

"那你怎么不在乡下待着，跑这儿来了？"

"因为我想跟爸爸妈妈在一起，在农村一年只能见他们一次，我太想他们了，他们也想我，所以就把我带出来了。"

"找到学校没有？现在都开学了啊！"

"还没有，原先说好了一个，又不要我了。"小男孩兴奋的情绪一下跌落下来，明亮的眼神也黯淡了。

"你不要担心，会找到的，现在国家对农民工子女上学有政策保证的。"杨月一时找不到合适的话来安慰他，竟把政策搬了出来。

"爸爸也是这么说的。谢谢阿姨。"

多乖的孩子啊，杨月心里叹口气，告别小男孩。

"阿姨，等一等！"后面忽然响起小男孩清脆的童音。

"您的玩具掉了。"小男孩气喘吁吁地跑上来，"刚买的吧，真漂亮！"小男孩用手指轻轻地小心翼翼地抚摸了一下赛车光滑的车身，然后下定决心似的一把把车子递给杨月。

"哦，这是我送给你的礼物，请你收下吧！"杨月捏捏小男孩的脸蛋，又把赛车塞到他手里。

"送给我！为什么？"小男孩睁大眼睛，惊奇地望着杨月，语气因为激动而急促。

"昨天我看见你帮妈妈扫地，课文又读得好，所以就特别喜欢你，专门买了这个玩具来奖励你呀！"

"真的吗？谢谢您！谢谢阿姨！"小男孩捧着赛车一下蹦起老高。

"还有，告诉爸爸妈妈，明天阿姨带你去联系学校，争取让你早点上学，好吗？"杨月说。

"知道了！谢谢阿姨！"小男孩忽然上前拉住杨月的手，示意她蹲下身子，然后在杨月的脸上轻轻地亲了一口。杨月的心不禁一阵激动，眼眶竟也悄悄地湿润了。

"噢，我有赛车了！我能上学了！"小男孩手捧赛车蹦跳着欢呼着向小屋奔去，欢快的声音像阳光洒满一地。

# 小 镇 故 事

小镇的春天是个富有诗意的迷茫的季节，丝丝的细雨在车窗前飘过，扯着她的视线；窗外翠绿的田野，缕缕的炊烟，更牵动着她无边的思绪。眼前的一切和二十多年前并无太大差别，不过是添了几幢白色的楼房。这里有她嬉笑的童年，有她躁动的青春，更有令她心碎欲绝的爱情……

"哐啷"，车门突然打开，把她从回忆中惊醒，原来已经到了。

"真的要下去吗？去揭开那因岁月的流逝已然愈合的伤口？"她伸出的

拿包的手迟疑着，忽然感觉自己很蠢：千里迢迢赶到这里来剖开自己的伤口。可是，压抑在心头二十年的疑问、委屈，如一团烈火，在她心头升腾，她要给自己一个交代！

她要去质问他：当初为什么背信弃义，在他们婚期前十天让他大哥来退婚？关于他们的未来，她想过很多很多，在他们依偎在草地上，她靠在他宽厚的肩膀上时，她曾向他甜蜜地描述：他们要学养殖，要挣很多的钱，然后修五间宽大的瓦房，门前再挖一个大大的鱼塘，还要种些荷花，让鱼儿在荷叶中穿梭，她背起了"江南可采莲，莲叶何田田……"

"你又在做梦了！"他用手指狠狠地刮了一下她的鼻子。

"这怎么会是做梦呢？都可以实现的嘛。"她噘着嘴说。

当然，她还要为他生一个胖乎乎的儿子，儿子一定像他一样聪明，像她一样可爱……

可是她编织的所有关于他们的未来里，没有分手这一项啊！他大哥的话生冷坚硬，如一把尖刀在割着她的心，"我二弟不想和你谈了，他觉得你俩不适合，他不想见你，请你原谅。"在那一刻，她觉着头忽然有些恍惚，恍惚中她明白了幸福真的只是一种传说，永远都找不到。在那一天，她不顾二婶的一再挽留，毅然离开了小镇，从此再没有回到这个伤心地，就连二婶去世也没有回来……

"喂，大姐，到站了！你到底下不下？"司机不耐烦地喊道。

"对不起！对不起！"她急忙下了车，站在路边，茫然地望着汽车消失在视野中，感觉有些累，就在临街的茶馆边找了一张凳子坐下。

前面围着一群人，还不时传来哄笑声。有几个小孩在喊："疯子，你好帅哟！"她不觉摇了摇头，这儿真的是没变，依然有那么多疯子，依然有像他当年一样拿疯子取乐的少年。

一会儿，人群渐渐散了，那个疯子快活地走过来了。怪不得人们大笑，三月的天气，他竟光着上身，只穿了一条内裤，而内裤的周围，套着许多个小食品袋，有白色的，有蓝色的，还有红色的。头上戴着一顶已分辨不出颜色的军帽，脏乱的头发披散在肩上。两只手端着一挺破

"机关枪"，"嗒嗒嗒——"他不断地向路人扫射，神气活现的眼神向人们显示着他的"厉害"。

"哦，眼睛……不会！不会！"她的心猛地一颤，像是被人用锤子重重地敲了一下。"我的眼睛花了，一定是我的眼睛花了……"她突然觉得身上有些凉，她想看清楚，证实自己眼睛花了，又莫名地有些怕。疯子越来越近了，她不觉扭转了身子，脸望着茶馆里的电视。电视里男女主人公正对着大海山盟海誓，她的心被刺痛了，突然有了一股勇气，猛地转过身，可是疯子已远去，只能看见他欢快的背影。

"唉，这疯子也怪可怜的。"女老板挺热情，见她望着疯子，就主动搭话。

"大姐，他没有亲人吗？"她问道。

"有，怎么没有？他还有哥哥、嫂嫂，侄女也二十岁了，可他们谁会管他呢？"

"哦。"

"这个疯子是被气疯的。他年轻时是挺英俊、勤快的小伙，有姑娘喜欢他，是他的初中同学，两人婚期都定了。可恨他遭天杀的瘸腿大哥，为了自己娶上媳妇，就趁着弟弟不在的几天，硬逼着父母把给弟弟的彩礼钱一千元给了他，然后又到女方把人家给退了，气得人家姑娘从此离开，再也没回来，而老大就用这彩礼钱自己娶了媳妇。老二回来，五雷轰顶，从此疯了……哎，这位大姐，你怎么哭了？你还挺有同情心的。其实，这个龙门阵也摆馊了，也没什么可伤心的。"

"啊，是，是，谢谢你的板凳，我有事要走了。"她慌忙用纸巾擦擦眼泪，提起包，逃也似的上了一辆回县城的车。

"哎，她不是刚下车，怎么就走了呢？城里人真弄不明白。"女老板摇着头。

# 学习雷锋好榜样

工作劳累了好几个月，终于熬到了元旦假期，张三、李四、王五、赵六都很高兴，欢快地登上了单位去南方旅行的包车，张三还带上了五岁的女儿。

汽车飞快地行驶着，四人愉快地哼起了流行歌曲，憧憬着目的地的美丽景色。忽然，车子开始颠簸，车速慢了下来，原来是进入了一段乡村公路。没走多远，车子竟然抛锚了。

没办法，只有等着车修好，人们三三两两地下车来透气。前面围着一圈人，下车的人们连忙凑上去看热闹，原来是一家三口在那儿要钱。男的三十多岁，双目失明，手里拄根拐杖。女的又黄又瘦，左手提着个旧布包，右手牵着一个七八岁的小女孩。地上放着一个大旅行袋子。女人低声诉说着不幸的遭遇：自己一家人准备去投亲，没想到半路上钱被小偷摸了，已经一天没吃东西了。三个人在寒风中恓惶地站着，瑟瑟发抖。

看着小女孩冻红的脸蛋，张三不由得想到了自己的女儿，差不多的年龄和个头，女儿从小娇生惯养，而这个小女孩却在这儿忍饥受冻，他鼻子不禁有些发酸。但是其他人都没动，特别是李四他们没有动，自己先拿钱，是不是显得太冲动了点？张三想，本来自己就笨，岂不是更要给他们留下不成熟的印象。张三伸进口袋的手又悄悄地缩了回来，

李四斜着眼睛冷瞅着这一家三口，看他们的样子倒是很可怜，照理说他们的目的地正好是我们要经过的地方，车上座位也有空余，完全可以带他们一起走，可谁知道他们是不是装的呢？李四想，特别是那个男的身材高大，万一不是瞎子，而是劫匪，那麻烦可就大了，自己是老江湖了，可不能栽在这种小事上。就算不是装的，在路上他们要是突发个什么病之类的，也麻烦！

"唉，大冷的天，真是可怜。"人群中一个老大娘说。

"谁知道是真是假呢？"立刻有人回应。

"我们对天发誓，绝对不是骗人的。各位大叔大妈、大哥大姐，求求你们了，给我们一点吃的东西吧！"瞎眼男子哀哀地求道。

吃东西倒是小事一件，王五想，自己的包里还有一大袋饼干和几个面包，上车前买的，谁知道味道不好，所以就没怎么吃，估计最后也会扔掉。与其扔了还不如给他们，总算是做了点好事。但是好事也不能乱做，科长李四一直阴着脸没表态，自己争着出风头，不是给他难堪吗？王五悄悄收回了迈出去的脚。

为什么没人表态呢？赵六着急地左右环顾，其实完全可以让他们搭顺风车的，或者至少给点钱让他们吃顿饭，但是那么多人都没开口我怎么好意思乱表态，万一他们怪我、孤立我怎么办呢？哎，只要有一个人出面，我一定会跟着帮忙，赵六激动地想。

人群突然静默下来，大家都在沉思着要不要帮助这一家人。

"爸爸，你们在看什么？"一个稚嫩的声音响起，原来是张三五岁的女儿小帆在车上等得不耐烦了，捧着一个苹果跑到了张三身边。小帆一双明亮的大眼睛好奇地望着要钱的一家人，望着望着，她的眼睛湿润了，"姐姐，给你苹果。"小帆把苹果递给了小女孩。"王叔叔，您的饼干呢？给他们一点好吗？""好，好！"王五突然激动起来，转身咚咚咚地朝汽车跑去。

"我这有点钱。"张三连忙从口袋里摸出十元钱递到女人手上，"我这儿也有。"人群一下子活跃起来，人们纷纷摸出零钱，塞到女人手里。

"大姐，你们就上我们的包车吧，我们正好要经过你们要去的地方。"李四热情地说。"就是就是。"人们纷纷附和着。

汽车又欢快地行驶在公路上，车上的人们都长长地舒了一口气。小帆拉着小女孩的手，甜甜地唱起了刚在幼儿园学会的歌曲："学习雷锋好榜样……"

# 迷　失

　　伟的老家在遥远的西北，那地方荒凉、穷困。

　　一转眼，伟到这家公司两年了，两年的日子不算长，可对他来说，就像过了十年。

　　再熬两年，母亲动手术的钱该够了；然后再熬个三五年，弟弟读大学和自己结婚的钱也许能够了。

　　老家的三桩事，像三块大石头压在伟心里，压得他喘不过气来，压得他常常在半夜醒来。

　　幸好，伟进了一家好公司，也遇上了一个赏识他的好领导，短短两年，薪水涨了四次，成了业务骨干，不久前公司还安排了一个年轻漂亮的女孩给他做助手。

　　女孩不单工作认真细致，对伟也体贴周到，每天一上班，早有一杯香浓的咖啡热气腾腾地等着他，伟加班的时候，女孩又为他送来可口的饭菜。

　　"谢谢你，以后还是我自己来吧，太麻烦你了。"伟说。

　　"不用谢，这一切都是我愿意做的，你懂我的意思吗？"女孩莞尔一笑，一双大眼睛含情脉脉地注视着英俊挺拔的伟。

　　伟的心一阵慌乱，他当然明白那眼神里蕴含的情意。

　　"对不起，我在老家有未婚妻了。"伟眼前闪过未婚妻洁白的脸庞。

　　"我不会放弃的，我和她可以公平竞争，不过赢的那个一定是我。"女孩自信地眨眨眼睛。

　　城市女孩真是大胆，伟想，自己和未婚妻从小青梅竹马，最终却是隔壁二婶为他们捅破窗户纸。想起在老家镇上做护士的未婚妻，他心里便涌起一股热流，若不是她时常照顾多病的父母，自己又岂能安心上大

学、自由地在这个城市打拼？

冬季悄悄来临，雪花开始飞舞，寒意笼罩了这座城市的每个角落。

"送给你，我亲手织的。"女孩手捧一件雪白的毛衣，笑意盈盈地出现在伟面前。

"谢谢。"不知为什么，伟没有拒绝。紧张的工作和公司里复杂的人际关系让他头痛，在这座城市里他又举目无亲，女孩的关怀如春日的一缕阳光照进他的心田，使他寂寞枯燥的生活多少有了一丝亮色。只要她不提恋爱，做个朋友又何尝不是一件美事，伟想。于是，伟偶尔也和女孩一起喝喝咖啡，聊聊天，看场电影。

渐渐地，公司里的闲言碎语多了起来，伟有些怕了，要是这些话传到上司耳朵里，会对自己产生怎样的影响呢？正好，领导又找他谈话，公司准备提拔一个部门经理，把他列为了候选人之一。这个好消息让伟彻夜难眠，他仿佛看见自己艰难的人生旅途上亮起了一盏希望之灯，在这种时候，更应该注意自己的言行，伟开始拒绝和女孩谈工作以外的事情。

随着宣布结果日期的临近，伟越来越焦虑，担心自己不能在几个工作经验丰富的对手中胜出。女孩也如霜打的花，无精打采。

"伟，求求你，不要再折磨我了，没有你，我的生命暗淡无光！"女孩眼里写满哀愁。

"对不起，我说过我有未婚妻了，明年就结婚。"伟冷冷地说。

"可是，我比她优秀啊，我年轻漂亮，又是名牌大学毕业生，她有什么？而且，我，我能帮助你成就事业，当上部门经理！"

"你说什么？"伟听得一头雾水。

"董事长就是我爸，他答应把你提任部门经理，但前提是你马上回家，和你的未婚妻解除婚约！"女孩噙着泪水跑了。

伟痛苦地闭上眼睛，未婚妻忙里忙外给母亲端水熬药的身影，父母、弟弟热切的目光，老家的破败、荒凉，在他眼前交替闪现。

一夜无眠。

第二天，伟手捧玫瑰出现在女孩面前。奇怪的是，女孩并没有惊

喜，而是红肿着眼睛，把一个厚厚的信封递给他。

"爸爸骗了我，也骗了你！"女孩疲惫的脸上写满悲伤、无奈。

站在公司宽阔的广场上，伟忐忑地拆开了信，里面是一大沓钱和一张薄薄的纸，纸条上写着：你被公司解聘了，虽然公司需要人才，但是更需要一个善良、守信的人，我唯一的女儿更是如此，我不会把她交给一个为了利益不顾一切的人。

沐浴着冬日难得的阳光，伟却感到阵阵寒意，他再次回望了一眼公司高大宏伟的办公大楼，转身低头走进了茫茫人海。

# 朋　　友

成子进城打工一年了，瞧着城里的一切特别美：遍地的楼房贴着瓷砖，白得闪人的眼。街道上一排排的小轿车乌黑锃亮，开成了河。尤其是到了晚上，五颜六色的灯光把这座城市照得比白天还漂亮，哪像农村老家，一到十点，家家户户关灯睡觉，到处黑灯瞎火死气沉沉的。城里的人也美，男的西装革履风度翩翩，女的涂脂抹粉风情万种，就只一点，脸上冷冰冰的，看着不舒坦。

这一天成子正在街上走着，突然对面过来四个小青年，十七八岁的年纪，一个个摇摇晃晃偏偏倒倒的，估计是喝了酒。其中一个红头发的直冲冲向他撞来，成子避让不及，右肩被撞得火辣辣地疼，红头发也"刺溜"滑到了地上。

"你小子敢撞人！"不容他解释，另外三个凶神恶煞般一顿乱拳向他头上砸来。周围呼啦啦围起一圈人，却没一个人站出来劝架。过了七八分钟，就在成子被打得头昏脑涨眼冒金星之时，一个人扒开人群，

三拳两脚打跑了几个小青年。

救成子的人叫肖阳，二十多岁，一头齐肩的长发，背着一把吉他。成子请肖阳吃饭，肖阳没有拒绝。两人找了一个街边小店，点了几个菜，要了几瓶啤酒。还是喝白酒吧，肖阳说，白酒有劲道。行，成子是海量，自然不怕喝酒。

兄弟，谢谢你。成子说。肖阳咧咧嘴角，带出一丝浅笑。先前我还以为在这城里，所有人都他妈冷血，看来我错了，只看到了表面，自罚一杯。成子端起酒杯一饮而尽。今天你帮了我，以后我们就是朋友，如果你有困难，我也一定会帮你的。

真的吗？肖阳淡淡地说，我想盘个店面，正缺一万块钱。

没问题，只是我现在没有那么多，再过十多天结了这个月的工资就有了。成子边扯着鸡腿边说。肖阳嘴角掠过一丝冷笑。成子没有在意。

我老家在农村，那地方山高得快连着天了，粮食种得再好顶屁用，运不出来呀！所以就到这儿打工来了，一年了，我一直没回去，怪想老娘的。成子喝了两口酒，又是直性子人，三下五除二倒豆子般把自己的经历倒了个遍。肖阳却不喜欢说话，只是静静地吃菜喝酒，他的眼睛很亮，眼神却淡淡的，透着一丝冷傲。

两瓶白酒见底的时候，肖阳已经直不起身子了，成子倒还有几分清醒。"我，我都算厉害的了，没，没想到，你，你比我更厉害。"肖阳卷着舌头说。两人偏偏倒倒走出酒馆，天已经全黑了。我送你回家吧，成子说。

肖阳租住的屋子很小，只有几平方米，放着一张床和一张桌子，地上散乱地扔着好些个方便面口袋。已经是三九的天气了，床上却只有一床薄薄的沾满油污的被子。看着它，成子忍不住想起了自己刚来那会儿，也跟这差不多。明天我给你送床被子来，不然我来了怎么睡呢？成子笑着说，肖阳没有吭声。

第二天，成子果然抱去了一床厚实松软的被子。

工地上不上班的时候，成子喜欢找这个城里的朋友聚一聚，两人一起吃饭喝酒聊天，都是成子埋单。肖阳生活得挺艰难，这个成子看得出

来。肖阳不喜欢说话，但有时候会弹吉他，是什么曲子成子听不出，只觉得软绵绵轻飘飘的像什么东西挠着自己的心，又舒服又有点忧伤，听着听着成子就想起了远方的老娘，想起了家乡的山山水水。

肖阳工作的小公司倒闭了，他成了一个无业游民。

"成子，真的借我一万块。"肖阳说。

"嗯！"成子点点头，他刚拿到了这个月的工资。

"你不问我拿来干什么吗？"肖阳奇怪地问。

"你是我的朋友，既然你要借我就给了，干什么是你自己的事。"成子说。

"你不要太相信朋友了，要不然会上当的。"肖阳叹口气说，"给你讲个事吧，我最好的朋友，从小一起玩大的，三年前他鼓动我放弃了公务员的工作，带着父母多年的积蓄二十万元跟着他来到这座城市，我们注册了一家公司。三个月后他拿着我的钱跑了。我没脸回去见父母，所以一直在这儿流浪。"这是肖阳第一次讲自己过去的事，眼里竟然有泪光闪烁。

那一晚，肖阳喝得酩酊大醉，成子把他背回了家。

两天后，肖阳失踪了，带着成子的一万元钱。

工友们都劝成子报案。老子偏不报，我就不信他龟儿子就真的好意思不还给我！成子恨恨地说。

你可真是个傻子，被人骗了还执迷不悟。工友们摇着头叹道。

两年后，成子收到了一万元汇款和肖阳的信。信中说：成子哥，与你相遇其实是一个局，只为骗你的钱。本以为骗到钱会很高兴，心里却一直堵得难受。我用那一万元已挣到了更多的钱，当然都是干净钱。另外，我所讲的故事是真的，祈求你的谅解，希望我们还是朋友！

我说他要还就是要还嘛，成子在工友们面前抖着信和汇款单，笑眯眯地说。

# 拯 救

"目标出现。"缉毒警王连春碰碰伏在身边的战友杨宇。一种极度亢奋的情绪在两人的体内迅速燃烧起来，他们追踪这名叫李强的毒枭已经三年了，但总是被他逃脱。李强也觉出了异常，拔腿便朝山上跑去，王连春和杨宇在后面紧追不舍。

正在这时，脚下的土地突然开始颤抖，大地像一只发怒的雄狮，剧烈地抖动着身子。两人站立不稳，一个趔趄跌倒在地上。

"地震了，快趴下！"王连春朝李强大声吼道。李强却不理会，继续向前奔跑。

"轰"，一声巨响，腾起的沙尘遮蔽了天空。

几分钟后，一切恢复平静，王连春睁开眼，眼前的景象让他大吃一惊。脚下的土地裂开了口，前面高耸的山头掉下半截，正好把李强压在了下面。

"快，救人！"王连春顾不得擦掉身上的尘土，急忙招呼被吓得不知所措的杨宇。

李强两只腿被死死压住，痛得连声叫唤，看见他们过来，便闭了嘴，脸上肌肉痛苦地抽搐着。

两人用手快速地扒着压在李强身上的泥土、沙石。但是泥土太厚，一时半会根本扒不完。

"队长，我娘还病在床上，她跑不动！"杨宇的眼泪啪嗒啪嗒地往下掉，声音里带着恐惧、悲伤和焦急，"我想回去看看。队长！"

"可我们是警察，不能见死不救啊，把他救出来了咱就走！"王连春含着热泪回答，他比杨宇更加明白这么剧烈的地震意味着什么，儿子和妻子都在楼房里，他恨不得立刻飞到他们身边，保护他们的安全。

"他只是一个罪犯！"杨宇大声吼道。

"罪犯也是人！"王连春用更大的声音回答。

两人不再说话，都拼了命地扒着泥土。泥土扒完了，但是一块巨大的石头还压在李强身上，无论他们从哪个方向使劲，石头都纹丝不动。

"你去村里叫人来帮忙。要快。"王连春说。

"好吧。"杨宇抹抹眼泪，飞快地朝山下跑去。

"他不会回来了，我知道，肯定不会回来了！"一直不说话的李强突然情绪失控，大声痛哭起来。

"闭嘴！号什么号！"

"我只是一个罪犯，他不会管我的！我要死了，我再也见不到我儿子了！"

提到儿子，王连春的心里一阵揪心地疼，也不知道他们学校的楼房有没有倒塌，儿子的教室在三楼，来得及跑吗？会不会像李强一样被压着？儿子那么小，现在一定在急切地盼着他！

"你儿子多大了？"

"四岁，今天是他生日。我说好了他生日这天回去看他的！"

"今天也是我儿子的生日，他八岁，就在五里外的镇小学读二年级……"王连春吃力地说道。

"队长，村里的房子、房子全塌了！"杨宇带着几个村民跑过来，人人眼里含着泪花。

巨石很快被搬动。

"警察同志，我是一个有罪的人，没想到你们还救我，我一定会把所有情况告诉你们，不然我就他妈的不是人！"李强拉着王连春的手说道。

一小时后，杨宇见到了安然无恙的母亲，她在房屋倒塌前被邻居背出了房间。李强见到了可爱的儿子，在爷爷奶奶的守护下躲过了一劫。

两小时后，王连春从废墟中扒出了儿子刚刚失去热度的身体，他双手紧紧抱着儿子，轻轻吻着他的脸面，如一尊雕像，凝固在一片废墟中……

# 报　答

郑平破产了。最好的朋友以合伙做生意为由，骗过了他的500万元，逃得无影无踪。工商部门突然又神兵天降，彻查公司账目，查出他这些年累计偷税漏税好几万，交了税款和罚金，郑平已是穷光蛋一个。

他垂头丧气地回到家，往日总在外面打麻将的妻子竟然端坐在沙发上。"你现在是一无所有了，再跟着你我岂不成了傻帽。"妻子"啪"地甩过一张表格。

幸好当初没要孩子，郑平颤抖着手签下自己的名字。

家已经没有了，出去喝杯酒吧，郑平想，顺便找个哥们儿聊聊，说说心里的苦闷。郑平拨通了王二的电话。

"郑哥呀，我现在正在公司加班呢，出不来。"

他又拨通了张三的电话，"郑哥，你看我现在手头也挺紧……"还没等张三说完，郑平掐断了电话。

接着又找李四，"两只蝴蝶"飞了七八遍没人接听，再打过去语音提示对方已关机。

唉，怎么都这德行！郑平叹口气，独自来到一个小酒馆，点了几个菜，要了一瓶老白干，自斟自饮。从家乡出来二十年，从来都没这般清闲过，郑平醉得一塌糊涂。

钱没了，家没了，朋友没了，青春也没了，郑平想到了死。在死之前，还是回趟老家给父母上上坟吧。第二天，他登上了回乡的列车。

终于又踏上了故乡的土地，郑平的眼睛湿润了。以前自己回来都是风风光光的，开着小车，后面还屁颠屁颠地跟着报社、电视台的记者。每次回乡他都要表示表示，或是给困难户捐点钱，或是给敬老院送几件棉衣，或是出资打口井。钱花得不多，还不够他平时吃一顿的，却给他和父母挣足了面子，同时又提高了公司声誉，比花钱做广告还划算。而

今却落得这般田地，有何颜面见家乡人，郑平不好意思打村头过，悄悄地绕道到了父母墓前。

"爸爸妈妈，儿子给你们丢脸了。现在我一无所有，只有来和您二老团聚了！"跪在父母墓前，郑平放声大哭。

"小平子！"身后传来一个苍老的声音。郑平回头一看，是村里的老支书，后面还跟着一大帮人。

"小平子，你还年轻着呢，别往绝路上想。这有五千块，是我们全村人的一点心意。"老支书抖抖索索地从衣兜里摸出一个鼓鼓的信封，塞到郑平手上。

"老支书，这，这钱我怎么能收呢？"郑平把信封又塞回老支书手里，他知道村里穷，乡亲们一个星期还不一定吃得上一顿肉呢。

"孩子，过去你有钱时没忘了家乡人，现在你落难了，正该是我们报答你的时候了，这钱无论如何你得收下。五千块虽然不多，但是它应该能帮你渡过难关。二十年前你空着手出去打天下，不也照样干出名堂来了吗？好孩子，挺过去，我们都盼着呢！"老支书说。

"就是，我们都盼着呢！"老支书身后的声音响成一片。郑平含着眼泪，头一次认真仔细地注视着乡亲们，人群中有隔壁的大叔，有村头的二丫，有他曾资助过的困难户、失学儿童，还有敬老院双鬓斑白的大爷大娘。

"谢谢，谢谢你们！"郑平挺直身子，双手接过沉甸甸的信封。

# 爱 心 捐 款

  海丰集团董事长王天成坐在办公室里忐忑不安，云水县的高速公路项目还有几天就会出来结果。虽然集团工程质量过硬，管理严格，历来口碑不错，报的价也应该说合适，可如果不给领导"意思意思"，恐怕是不容易中标。王天成在心里反复揣测。

  项目是由李副县长亲自在抓。听说李县长是一个非常廉洁的人，如果真是，那当然好，其实作为一个商人也好，老百姓也罢，王天成内心还是期望清明的社会环境。怕就怕在那只是"表面现象"。怎么送礼，送多少，还真得好好"策划策划"。

  这一天下午，李县长家的门被敲开了。李县长两口子都在上班，只有他老母亲一人在家。老太太打开门，门口站着一个小伙子，手里提着一盒茶叶。"您好，我是县政府办公室的小王，这是我们办公室五一节给每个职工发的茶叶，李县长开会去了，主任让我给送过来。"小伙子微笑着说。

  老太太点点头，伸手接过。

  "别忘了李县长回来后交到他手上哈！"小伙子叮嘱道。

  第二天，王天成给李县长发了条短信：县长勤于政事劳累辛苦，特奉上香茗一盒，希望能为您消解疲劳！

  没两分钟，短信回复来了：速到我办公室领回茶叶。

  王天成忐忑不安地来到李县长的办公室。李县长绷着脸，对王天成好一番批评教育。末了指着"茶叶"说："赶快拿走！一天到晚只知道把心思花在这个上，怎么不去做做公益事业。"

  行贿不成，反把县长惹恼了，估计是彻底没戏了！王天成沮丧不已。

  三天后，结果出来了，海丰集团竟然中标！"希望你们集团踏踏实实、认认真真，严把质量关，为云水县修一条政府放心、老百姓满意的

公路。"李县长握着王天成的手真诚地说。王天成郑重地点了点头。

"另外，下周我要去几个边远的农村小学调研，如果王董事长有兴趣，也可以去看看。"

"一定。"王天成说。

一天的调研辛苦劳累，回到家，王天成一屁股坐在沙发上，浑身酸痛。不过就是走了一天的山路，就累成这样，可那些孩子，每天都要这样走，不管刮风下雨，严寒酷暑，中午还只能啃冷馒头。他们都还只是孩子啊，在城市里的同龄人正在享受着百般宠爱的时候，他们却还在承受着这样的苦。想到这些，王天成心里特别心酸。

转眼大半年过去了。这天王天成接到电话，"承蒙大家关爱并捐资修建的三塘希望小学，下周一举行开学典礼！孩子们再也不用走那么远的山路上学了，都非常高兴，家长和孩子们都想见见恩人，当面说声谢谢，还请您一定参加。"学校孟校长诚恳地说道。

开学典礼举行得简朴而隆重。李县长戴着红领巾站在台上讲话，他讲到自己的童年，家庭贫困，是乡亲们和老师、学校的帮助，让他得以顺利读完小学、中学，顺利参加工作，有了现在的生活条件。这些山里的孩子，上学还要走十几里的山路，直到现在才有了这所希望小学，是政府的失职，自己的失职啊。讲至动情处，李县长声音几近哽塞，让王天成的眼睛也禁不住潮湿。

"李县长真是实在人呀，当了那么大官却从来不忘本。"这时，站在王天成身边的孟校长轻轻嘀咕道。

"是啊。"王天成应道。

"您不知道，李县长这些年还一直悄悄资助着贫困学生呢，光我以前工作的学校就有两个。都是孩子们去他家，听到来他家汇报工作的人说的话，才知道他是副县长。"孟校长说。

原来，李县长还有这样的一面。王天成心里涌出感动和温暖。台上主持人正宣读着爱心捐款名单，"海丰集团，20万元！"全场师生、家长报以热烈的掌声。"孟校长，我想个人再捐点钱给孩子们买学习用品。"王天成轻轻碰碰孟校长的手臂，说道。

# 绝 非 小 事

　　离约定的时间还有二十分钟，马平加快了车速。今天是去见香港来的客户林老板，早就听说林老板是一个非常严谨的人，最讨厌别人迟到。只要顺利和他签约，公司就能进一步发展壮大，而自己也能从中得到十万的提成，这么好的机会，马平当然不会放过。

　　前面是一段年久失修的公路，因为昨天下雨，坑洼处积了水，马平心思全在即将到来的会谈上，没有在意，小车哗地开过去，飞扬起一路的泥水，溅到了路边一个小男孩身上，小男孩哇地哭了起来。

　　马平减慢车速，从后视镜里望了望，小孩约四五岁的样子，衣服、裤子都溅上了泥点，但还不是很湿，大概是被吓到了。既然没什么大事，时间不等人，马平把脚放到油门上准备离去。

　　一把长笤帚挡在了车前。

　　拿笤帚的是一个三十多岁的女清洁工。"你干什么？"马平摇开车窗，对女工吼道，"把我的车刮花了，你赔得起吗？"

　　"你把别人身上溅湿了，就这样走了吗？"女工单手叉腰，一副气势汹汹的样子。

　　路边立刻聚集了十来个人看热闹。马平自知理亏，从钱夹里抽出一张50元的，特豪气地递给女工，"拿去！"

　　"我不能收你的钱，我做不了这主。"女工说。

　　"他不是你儿子吗？"

　　"不是。"

　　"那你想怎样？"

　　"有一件事你必须做。"女工说。

　　"什么事？"马平不耐烦地问。

　　女工把小男孩叫到车前，小男孩仍在抽泣。女工用命令的口气对马

平说："下车！"

"我赶时间，没功夫下车，有什么事你快说。"马平焦急地看看表，还有十二分钟。这个女人真能折腾。

"你不下车也行，但必须对孩子说一句话。"

"什么话？"

"是人都知道。"

一个堂堂的大公司经理，高级白领，竟被一个清洁工开涮，马平有些气急败坏，"你是哪个单位的？竟敢这样骂人，我要找你们领导，投诉你！"

"我不怕你投诉，"女工说，"是人都知道，你把人家小孩儿衣服弄湿了，还把他吓哭了，就该哄哄他，跟他道歉，说'对不起'。"

"对，是应该道歉。"围观的人群高声附和。

当众跟一个四五岁的小孩道歉，这是一件多么丢脸的事儿，马平打死也不会做。看看手表，只剩六分钟了，时间紧急，签约要紧！趁女工不注意，马平突然发动车子，一溜烟儿跑了，边跑边嘟囔："真是个疯子！"

风风火火赶到约定地点，看看表，还差一分钟，林老板还没到，马平不由得长长地舒了一口气。

林老板带着秘书走上楼梯，马平赶紧迎了上去。双方落座，没等马平开口，林老板先说话了：

"马先生，经过刚才的慎重考虑，我决定取消与贵公司的合作计划。"

"为什么？"马平吃了一惊，赶紧问道。

"马先生刚才在路上的一幕被我不巧赶上了。"

"那只是一件小事，"马平松了口气，"我给了她钱的，是她自己不要，另外我是因为赶着来见您，所以才没有把事情处理好。"

"在你看来那或许是一件小事，但我恰恰认为小事更能体现一个人的道德素养。"林老板直视着马平的眼睛说，"我的公司要开拓内地市场，寻求的合作伙伴不仅要有聪明才智，更要有诚实、善良、勇于担当

等做人的基本品质。"

看着马平一脸的沮丧和茫然，林老板伸出手，轻轻拍拍他的肩膀，"告别之际，给你一句忠告，小事不做好，这次失掉的是一个合作机会，下次失掉的也许就是你的工作、名誉、前途、爱人以及所有与命运相关的最宝贵的东西。"

# 老　王

天黑沉黑沉的，四围儿一片寂静，连一丝风儿也没有，站在办公室的窗户前，老王却手脚冰凉，额头直冒虚汗。犹豫了半天，他叹口气，颤抖着手拿起了地上的斧头，"哗！"窗户上的玻璃碎了。老王又拿起钳子、扳手，费了好半天的工夫，把吃奶的劲儿都使出来了，终于把窗户上的钢条扳弯。他抹了一把头上的虚汗，蹒跚地爬上窗台，头顺利探进窗户里，身子却过不去，钢条与钢条之间的空子小了。他咬咬牙，拼命紧缩着身子，发狠劲一钻，终于过去了，两只膀子却擦得火辣辣地疼，痛得他眼泪都差点下来了。

虽然办公室里黑咕隆咚，但老王还是一眼就看准了桌上的电脑，这是他三个星期来偷偷看过成百上千次的东西。老王拔下电脑插头，把显示器抱到窗户前比了比，顿时傻眼了，过不去。他只好把它放到旁边，又钻出去拿起了工具。

突然，门口那边传来隐隐约约的脚步声。老王吓得心咚咚直跳，呆呆地站在那儿。好半天他才回过神来，急忙拖着虚软的双脚来到旁边的厕所里，抖抖索索蹲下去。痛苦屈辱的泪水流满了老王皱纹密布的脸，一生清白的自己，年过半百竟然做了贼！可是，又有什么办法呢？老王

眼前闪现出儿子刘武期望的眼神。

刘武是老两口的心肝宝贝，四十好几才生了这个儿子，从小就很溺爱。孩子长得聪明伶俐，可就是贪玩，成绩老上不去，听说城里教学质量好，老两口狠狠心，花钱把刘武送进了城里的中学。

城里的学校好是好，可就是费用高，儿子三天两头回来要钱交资料费补课费等等许多老王搞不清楚名目的费用，家里已经借了一万多块的账了。有一回，老王对儿子说："刘武，为了你读书家里已经欠起那么多账了，你在学校还是俭省点嘛！"刘武顿时吼起来："你还好意思说，我是我们班上最穷的了，别个的老汉儿都找得到钱，只有你才那么没得用，又没得权又找不到钱！别个同学吃的好穿的好，只有我天天就是这件破西装，班上的同学都看不起我，你还喊我俭省点！"听了儿子的话，老王怒火直冒，可还没冒出嗓子眼儿，自己就蔫了下去——儿子被人看不起，这都怨自己没有能力找不到钱！老伴儿红着眼圈急忙跑到村子里说尽好话，终于借到两百块钱，刘武揣上钱脸色才变生动笑眯眯地走了。

为了多挣钱，老王狠下心留老伴一人在家种地，自己上城里来找活做，可别人一看他单薄的身子，都不愿意请他，最后好不容易找到这个给单位守门的工作，工资虽然低点只五百块，但隔家不远，单位领导和职工对他又很温和。一想到单位对他的好，老王更加惭愧，可有什么办法呢？一个月前，刘武回来说老师让每个同学家里都买台电脑，说很多知识都要从电脑上学，不学就考不上大学，这个老王还是懂得起点，因为他时不时也听到这个单位里的人说电脑重要，他们都要考电脑。老王问儿子要多少钱，儿子说最便宜的四千块，吓得老王一哆嗦，就说儿啦咱家拿不出这么多钱，刘武说那你就是愿意我成绩越来越差了，你不给我买电脑我就不读书了！

钱借不到，儿子又说要退学，生性木讷的老王实在无法可想了，偷着伤心了好几回，鬼使神差地就瞄上了单位的电脑……

老王捣鼓了大半夜，终于把电脑装进口袋，趁着夜色胆战心惊地背回了家。

第二天，单位报了案。事情很快水落石出，单位鉴于老王以前的忠诚老实和他艰难的家境，没有追究他的责任，但工作不可能再继续干了。

第三天，老王被喊去村上接电话，电话是刘武的老师打来的。老师说："你们刘武已经四天没来上课了，怎么回事？"老王垂着头愧疚地说："可能是因为我没给他买电脑。""买电脑？我正要提醒您，刘武经常去打电子游戏，还有开校的学费到现在都还没交清呢，您看是不是您亲自来一趟把钱交了？"

从村上回来，老王就病倒了。

# 春 天 里

三婶是我同院子门挨门的邻居。我们这一块是老城，老院子，一个院子两厢房，租住着十来户人家。

我不喜欢三婶，真的。每天凌晨三四点，我睡得正香，三婶两口子就已经起床，发出窸窸窣窣的声响。时不时将我从梦境中吵醒。等到早上六点，他们俩便拖着板板车出发了。板板车在凹凸不平的地板上发出哐当哐当的声响。走出院子，三婶更是长声吆喝：馒头，刚出笼的馒头！在她的吆喝声里，我的睡眠宣告结束。

三婶每天上午卖馒头，中午哼着歌儿回家做午饭，下午又去一家医院当保洁员。三婶，你不累呀，每天干那么多活？我问。此时，我正在一家电脑公司当维修人员，每天东跑西跑，累得要死。

咳，累啥，我们农村人做惯了的。

找那么多钱干嘛？

161

还能干嘛，给儿子读书用呗。你不知道，现在小凡读初中，钱都不少呢。将来还要上大学，还不得早早预备着。我们两口子都没文化，挣钱只能下苦力，咋也不能让小凡再吃这苦，三婶边说边递过两个热乎乎的馒头，趁热吃吧！

想到她破坏我的美梦，本不想接，再想想，还是接了，三婶的馒头香着呢！

小凡，那个戴眼镜的初中生，其实，昨天我刚看见他钻进街边一家网吧。想把这事告诉三婶，张张嘴，又闭上。算了吧，何必要去一棒敲醒别人的美梦呢？还是等它自己破碎吧。

三婶是一个乐观的人，每天出出进进都是乐呵呵的，像捡着宝一样。她要知道了小凡逃学上网，不知道会怎样伤心呢？我哑巴哑巴嘴，感叹着上帝的无情。

天儿越来越冷，老在外面跑，一不小心得了重感冒。我给单位打电话请了假，一个人躺在床上，浑身酸痛，似睡非睡。也不知过了多久，只觉得肚皮咕咕叫，却没力气爬起来。

门被推开，三婶端着碗进来了。小魏啊，我给你熬了稀饭，快趁热吃了吧。三婶说。

守着我一口一口吃完，又摸了摸我的额头，确定没有发烧之后，三婶才端着碗走了。

三婶摸我额头那一刻，我忽然想起我妈，眼睛热热的，我憋着，没让泪水出来。

连续几天，都是三婶给我送吃的。很快，我的身体康复了。

我提前下班，沿着街面网吧挨个寻找，终于找到了小凡，像拎小鸡一样把他拎了出来。以后不许再去了，好好读书，我说。要不然，我就揍你，我举举拳头。小凡缩着脖子点点头。

我以为我的拳头能吓到小凡，可是我错了。那天我下班回家，正撞上急急忙忙往外赶的三婶。

怎么了，三婶？我问。

快，医院……小凡……三婶慌慌张张的。

我让三婶上了我的摩托车，风一样开到医院。

我以为是小凡受了伤，结果不是。小凡和同学打架，不小心打到了对方的眼睛。

三婶颤抖着手将两万元医药费交到医院。

妈，对不起。小凡哭着说。

三婶举起手，对着小凡的脸，在空中扬了半天，终究没有落下去。以后得改，知道吗？三婶也流着泪。

连着好些天，院子里再也听不到三婶爽朗的笑声。

因为小凡的事，三叔气得不行，胸口总疼。

还是去看看吧。三婶说。三叔不同意，可第二天咳嗽，居然咳出一口血来。

三叔被三婶和小凡架着去了医院。

一检查，肺癌，晚期。

从不轻易流泪的三婶泪水稀里哗啦流了一脸。

第二天，三婶说服三叔，把家里的积蓄全取了出来。

三婶带着三叔全国各地游了一圈。回到家，三叔平静而满足地去了。走时，拉着三婶的手。

小凡该上高中了，报名那天，去学校晃了一圈。回来了。

妈，我不读了。小凡对三婶说。

为啥呢？

我不是那块料，再读也是浪费钱。

妈相信你，好好读！你原来不是挺聪明的吗，小学时还考过全班第一呢。

我真的不想读了，我想帮着您做馒头，您一个人太累。小凡眼睛红红的。

你马上给我滚回学校去！三婶突然厉声吼道，我和你爸做了一辈子馒头，为的不就是让你不要再像我们一样做馒头吗？

小凡到学校住校了，上周在街上遇见他的老师。我问起这孩子的情况。拼命的很，改头换面了。老师说。

每天早上，三婶依旧早早起床，揉面，做馒头，蒸馒头。清晨六点，拖着板板车出门。

馒头，刚出笼的馒头！三婶悠长的声音在春天里的清晨响起，是那么的悦耳。